Stegemann/Ehrnsberger (Hrsg.)
Geschichten aus Niedersachsen

D1731917

Geschichten aus Niedersachsen

herausgegeben
von

Dr. Thorsten Stegemann
und Jörg Ehrnsberger

Projektmanagement
Sabine Jacob

KOMMUNAL- UND SCHUL-VERLAG WIESBADEN

Bibliografische Information der Deutschen Nationalbibliothek
Die Deutsche Nationalbibliothek verzeichnet diese Publikation in der Deutschen Nationalbibliografie; detaillierte bibliografische Daten sind im Internet über http://dnb.ddb.de abrufbar

© Copyright 2011 by Kommunal- und Schul-Verlag GmbH & Co. KG · Wiesbaden
Alle Rechte vorbehalten · Printed in Germany
Satz: Jung Crossmedia Publishing GmbH · Lahnau
Druck: Druckhaus Nomos · Sinzheim
Umschlag: brunk-design · Frankfurt/Main

ISBN: 978-8293-0976-9

Inhaltsübersicht

Geleitwort

Die Idee mit »Geschichten aus Niedersachsen« Menschen für unser schönes Bundesland zu begeistern, gefällt mir sehr. Den Autoren ist es gelungen, mit ihren Texten die Vielfalt der Regionen darzustellen. Im Mittelpunkt steht ein Streifzug durch die Landschaft mit ihren unverwechselbaren Menschen und Charakteren, die Niedersachsen geprägt haben. Aber nicht nur Geschichten aus der Vergangenheit, auch aus der Gegenwart finden sich viele aktuelle Texte, die unser Bundesland erlebbar und anschaulich darstellen. Der Niedersächsische Städte- und Gemeindebund ist mit seinen Städten, Gemeinden und Samtgemeinden in allen Landesteilen Niedersachsens vertreten, und obwohl ich dadurch und durch meine Besuche in allen Regionen das Land sehr gut kenne, bringen mir die »Geschichten aus Niedersachsen« unser schönes Bundesland noch ein Stück näher. Ich würde mich freuen, wenn es gelingt, den einen oder anderen »Nicht-Niedersachsen« durch dieses Buch für Niedersachsen zu begeistern.

Rainer Timmermann
Präsident des Niedersächsischen Städte- und Gemeindebundes

Lüneburger Heide

Lilientanz

Hanna von Behr

Es war ein zarter Duft von frisch geschlagenem Holz, der die baldige Heimkehr ihres Mannes ankündigte. Claires Haltung entspannte sich ein wenig. Trotz der weichen Wolldecke um ihre Beine und der lauen Temperatur fröstelte es sie. Sie legte das Buch in den Schoß und verlangsamte das Wiegen des Schaukelstuhls. Gleich würde ein leichtes Poltern die Anwesenheit ihres Mannes verraten. Sie lauschte.

Mit trampelnden Bewegungen befreite er das Profil seiner schweren Stiefel von den Resten des Waldbodens. Dann zog er mit einem Ruck die massive Holztür ins Schloss. Das alte Haus war still, vermutlich saß seine Frau draußen. Er durchquerte die Küche, um in der Vorratskammer nach einer Flasche Wein zu suchen. Bordeaux, Bordeaux, Shiraz, Spätburgunder – er ließ seine Finger über die Hälse der Flasche laufen. Dann stutzte er. Im untersten Regalbrett entdeckte er eine Flasche, die nicht nach Rotwein aussah. Er bückte sich und nahm sie in die Hand. Champagner. Er konnte sich nicht daran erinnern, diese jemals dort deponiert zu haben. Er überlegte kurz, zuckte dann mit den Schultern, um sie mitzunehmen und kaltzustellen.

Gedämpft klangen die Geräusche an Claires Ohr. Das Haus war groß. Zu groß. Wenn sie allein war, schien es noch zu wachsen. Und es bekam Stimmen. Sie saß daher wann immer

1

möglich draußen unter der verwunschenen Pergola. Ihr Lieblingsplatz. Auf dem Tisch neben ihr duftete zart ein Strauß Lilien, den ihr Mann gestern vom Rande der Moorteiche mitgebracht hatte. Sie sog die Luft tief ein, die in der Abenddämmerung allmählich feucht wurde.

Da war sie plötzlich wieder, diese Vision. Sie sah eine sehr alte Frau am Fuß der Treppe stehen. Ihre Hand lag knochig auf dem Knauf, ihr Haar war schlohweiß, ihr Gesicht durchzogen von Kummerfalten. Im krassen Gegensatz dazu stand ihre aufrechte Haltung und der wache, fast herausfordernde Blick mit dem sie allem Leid zu trotzen schien. Hinter ihr stand eine Reihe unterschiedlicher silberner Bilderrahmen auf dem Kaminsims. Es waren Porträtfotografien, die jedoch beim Versuch, etwas Genaueres zu erkennen, verblassten. Aber sie kannte diese Frau. Es war sie selbst. Allein. Sie fröstelte.

Dann steckte ihr Mann seinen Kopf durch die Tür auf die Veranda und strahlte sie mit seinem jungenhaften Lächeln an. Sofort wurde ihr wieder wärmer und sie verdrängte die seltsamen Bilder. Sie liebte diesen Mann. Und in seiner Gegenwart erschien das Haus, in das sich allmählich der Schwamm einnistete, nicht mehr ganz so furchterregend. Es war fast, als würde er mit seiner Anwesenheit alles Negative aus ihrem Leben verbannen. Er brachte ihr Frieden.

Mit wenigen Schritten war er bei ihr und ließ sich auf den Stuhl an ihrer Seite fallen. Der Tag war lang und anstrengend gewesen. Wenigstens für einen Moment wollte er die Aussicht über den Teich zum Wald genießen, nachdem er dort seit den frühen Morgenstunden gearbeitet hatte. Er liebte diesen Ort. Verwunschen. Ruhig. Das alte Haus, seit jeher in Familienbesitz, war sein Zuhause. Er berichtete Claire von der Flasche Champagner.

Sie sah ihren sonnengebräunten, energiegeladenen Mann, der mit aufgerollten Hemdsärmeln neben ihr saß. Sie würde ihn nicht mehr lange sehen. Sie schüttelte sich. Das war Blödsinn, schließlich war er unwesentlich älter als sie. Und im Gegensatz zu ihr, war er kerngesund. Man sah es ihm an, er strotzte nur so vor Leben. Um die bösen Geister in ihrem Kopf zu verscheuchen, stand sie auf und holte Gläser.

Auf dem Weg in die Küche passierte sie das düstere Wandgemälde in der Diele. Es stellte die Ermordung eines Paters dar, die sich unweit des Anwesens ereignet hatte. Über ihm die schützende Hände eines Engels, alles überragend ein Christusbild. Es hatte ihm nicht geholfen. Er war den wütenden Bauern zum Opfer gefallen, die ihn gnadenlos gemeuchelt hatten. Was blieb, war nur die Bezeichnung des grausamen Ortes – Paterbusch. Als sie den Kühlschrank öffnete, bannte der Champagner ihren Blick. Es war die gleiche Flasche wie damals. Heute flüsterte das Haus nicht. Die Stimmen schrien.

Sie wusste jetzt, was die Silberrahmen auf dem Sims zeigten. Auf einem Bild war eine junge Frau in einem federbesetzten Kostüm in den Kulissen des Theaters zu sehen. Es war Claire in der letzten Rolle, die sie getanzt hatte. Sie ahnte, was auf den anderen zu sehen war. Die Vergangenheit hatte begonnen sie einzuholen.

Silbrig hing ein Nebelschleier in den Sumpfwiesen. Mit ein bisschen Fantasie konnte man darin halbdurchsichtige Feen entdecken, die mit den Libellen um die Wette tanzten. Mit ein bisschen mehr Fantasie kamen die Stimmen. Sie konnte nicht hören, was sie sagten. Sie wollte nicht hören, was sie sagten. Und obwohl sich alles in ihr dagegen wehrte, wusste sie, dass es besser gewesen wäre, deren Botschaft zu entschlüsseln. Sie hatte die Stimmen bereits einmal ignoriert. Damals hätte sie sie besser ernst genommen. Aber dazu war sie zu realistisch.

Ihr Mann beobachtete sie von der Seite. Was ging wohl im Kopf seiner Frau vor, über deren hübsches Gesicht dunkle

Schatten zogen. Manchmal machte er sich Vorwürfe. Es war nicht gut gewesen, diese lebenslustige junge Frau hierher zu holen. Sie gehörte unter Menschen, in die Großstadt, dahin wo Trubel herrschte. Doch damals schien es ihr sehnlichster Wunsch zu sein mit ihm zu kommen. Fast so, als würde sie vor ihrem Leben fliehen.

Claire merkte, dass sie beobachtet wurde und streckte ihrem Mann ihre Hand entgegen noch bevor sie sich ihm zuwandte. Dann lächelte sie ihn an. Da war es wieder. Ihr ansteckendes Lachen war es gewesen, mit dem sie ihn verzaubert hatte. Sie hatten sich auf einer Feier in der Oper kennengelernt. Er besuchte einen Cousin, sie gehörte wohl zur Belegschaft. Sie hatten den ganzen Abend gemeinsam gelacht, getrunken, getanzt. Irgendwann hatte sie seelenruhig einem Kellner die angebrochene Flasche Champagner aus der Hand genommen und diese in ihrem Umhang verschwinden lassen. Mit einem verschwörerischen Lachen hatte sie sich bei ihm eingehängt und sie waren auf den Ausgang zugesteuert. Es war eine laue Sommernacht. So wie jetzt.

Dann plötzlich – und nun war es an ihm sich zu schütteln. Ihm fehlten noch immer die Einzelteile des Puzzles. Sie war ihm ein Stück vorausgeeilt und hatte ihn geneckt, dass er die Treppen zur Kathedrale auf der Anhöhe nicht so schnell erklimmen konnte. Er erinnerte sich noch an das Johlen einer Gruppe junger Soldaten, die ein Stück entfernt heiter betrunken an ihnen vorbeizogen, bevor es schwarz wurde. Als er wieder zu sich kam, hatte sie neben ihm gesessen. Völlig ruhig. Mit einem Blick, der weit in die Ferne gerichtet war, hatte sie eine Zigarette geraucht. Das Lichtermeer der Stadt unter ihnen hatte sie kaum wahrgenommen. Als sie merkte, dass er sich bewegte, hatte sie ihn angeschaut und gelächelt. So wie jetzt. Der Blick war voller Liebe für ihn, aber irgendetwas war da noch. Manchmal machte sie ihm fast Angst.

Claire war das erste Mal seit Jahren vollkommen ruhig. Die Stimmen konnte sie nun deutlich vernehmen. Die Geister der Vergangenheit hatten sie eingeholt. Ihr Mann wusste, wer sie war. Wusste, dass sie keine gewöhnliche Tänzerin gewesen war. Wusste, womit sie ihr Geld verdiente. Wie der Mann vor ihm.

Sie nahm die Champagnerflasche und schenkte erst ihm ein und anschließend sich selbst. Dann ergriff sie seine Hand, um mit ihm gemeinsam zum Ufer des Tümpels zu gehen. Dorthin wo die Lilien wuchsen. Es würde später einfacher sein.

Oldenburg/Oldenburger Münsterland

Anton Günthers Geheimnis

Iris Foppe

»Mir reicht es für heute. Das ist wirklich kein Vergnügen.«
Claudia wischte mit dem Handrücken über ihre verschwitzte
Stirn.

Monika stellte den schweren blauen Sack, der vermutlich die
Wintergarderobe des Verstorbenen enthielt, neben weiteren
ähnlichen Säcken und Kartons am Ende der Treppe ab.
»Gute Idee«, nickte sie dann. »Es wird schon langsam dun-
kel. Und ich habe keine Lust mir trotz Taschenlampe auf
dem Dachboden blaue Flecken zu holen.«

Claudia betrachtete die Ausbeute neben der Treppe. »Wie
viel ein alter Mann doch sammeln kann. Dabei brauchte
Onkel Gustav mit Sicherheit keine 20 fast gleichen Hosen.«

»Vermutlich hat er vorgesorgt für schlechte Zeiten.«

»Keine Ahnung. Ich weiß kaum etwas über ihn. Aber ich
wünschte, er hätte nützlichere Dinge gesammelt.«

»Ach komm, Claudia. Du kannst dich doch wirklich nicht
beklagen. Du hast ein ganzes Haus geerbt und vielleicht warten noch unentdeckte Schätze auf dich. Was ist denn zum
Beispiel mit dem Bild da vorne?« Monika zeigte auf ein alter-
tümliches Portrait, das an einer der Treppenstufen lehnte. Es
zeigte einen Mann mit Spitzbart, einem steifen weißen Spit-
zenkragen und einer leichten Rüstung.

Claudia sah ihre beste Freundin einen Moment lang nachdenklich an. Dann ließ sie sich seufzend auf der untersten Treppenstufe nieder. »Ich glaube, ich muss dir etwas beichten. Vorgestern Abend habe ich wirklich geglaubt, dass das Bild mit mir gesprochen hat.«

»Du willst mich doch veräppeln, oder?« Monika betrachtete das Bild genauer. Die Farbe war an einigen Stellen verblichen und das Gold des Rahmens blätterte bereits ab. »Ich denke, das Bild wurde so gemalt, dass die Augen jedem Betrachter zu folgen scheinen. Deshalb wirkt es im Halbdunkel ziemlich lebendig.«

»Das habe ich auch zuerst gedacht. Aber wie kommt es dann, dass ich ganz deutlich das Wort *Lambertikirche* gehört habe?«

»Wieso Lambertikirche? Onkel Gustavs Beerdigung war doch gar nicht in der Innenstadt.«

»Ich weiß, dass sich das albern anhört. Aber ich muss zugeben, dass ich gestern dann wirklich hineingegangen bin. Und da habe ich ihn tatsächlich getroffen.«

»Wen oder was? Noch ein Bild?« Monika fragte sich langsam, worauf Claudia hinaus wollte.

»Nein, den Grafen Anton Günther, das heißt, seinen Geist oder so was Ähnliches.«

»Du willst doch nicht behaupten, dass ein Geist dir zugeflüstert hat, wo er sich mit dir treffen will. Außerdem hat der Graf vor 400 Jahren im Oldenburger Schoss gewohnt. Und das steht ein paar hundert Meter weiter.«

»Ja, aber sein Sarg steht in der Kirche. Allerdings habe ich mich auch zuerst gefragt, wo sie die ›Versteckte Kamera‹ untergebracht haben.«

»Tut mir leid. Aber ich komme da nicht so ganz mit. Der Geist des alten Grafen trifft sich mit dir mitten in der Innenstadt, einfach so. Weshalb? Wollte er, dass du sein Bild zurückgibst? Solltest du ihn erlösen, damit er endlich ins Nirwana aufsteigen kann?«

»So ein Quatsch. Im Moment gefällt es ihm hier noch ganz gut. Er fühlt sich geschmeichelt, dass er immer noch der bekannteste Oldenburger aller Zeiten ist.«

»Und das wollte er dir nur mal eben mitteilen?«

Claudia schüttelte den Kopf und flüsterte dann verschwörerisch: »Er braucht meine Hilfe!«

»Wie bitte?« Monika machte sich jetzt doch ernsthaft Sorgen um den Geisteszustand ihrer Freundin.

»Das ist eigentlich eine längere Geschichte«, begann sie. »Er hat mir erzählt, wie er um 1600 eine Frau namens Margarete kennengelernt hat. Sie war Dienstmagd im gräflichen Schloss und ist eine meiner Vorfahren. Die beiden hatten wohl ein kurzes Techtelmechtel. Naja, und er hat nicht damit gerechnet, dass dabei ein Kind entsteht. Doch eines Tages tauchte Margarete mit einem kleinen Mädchen bei ihm auf und verlangte, dass er eine ordentliche Taufe für sein Kind organisiert. Das hat er dann getan, und er hätte ihr auch noch einen anständigen Ehemann vermittelt, wenn sie nicht gleich nach der Taufe zusammen mit dem Kind verschwunden wäre. Dieses Kind war sozusagen meine Ur-Uroma – vor 400 Jahren eben.«

»Und das lässt sich alles historisch belegen?«

»Natürlich nicht, die Angelegenheit ist damals streng geheim gehalten worden. Bis heute hat niemand eine Ahnung davon, dass neben dem offiziellen unehelichen Sohn noch ein weiteres Kind existierte. Und das soll eigentlich auch so bleiben.«

»Ein Geist, der auf seinen guten Ruf bedacht ist. Das ist ja mal ganz was Neues. Und wo ist das Problem?«

»Das Problem sind die persönlichen Briefe an Margarete. Er will nicht, dass diese in die Hände von Historikern fallen. Die Wissenschaftler haben seiner Meinung nach schon genug in seinem Privatleben herumgeschnüffelt.«

»Und die Briefe waren auf dem Dachboden?«

»Nein, die Dokumente sind noch im Oldenburger Schloss.«

Monika setzte sich neben ihre Freundin auf die Treppe und schüttelte den Kopf.

»Dann befinden sie sich längst in einer gut gesicherten Vitrine des Museums.«

»Eben nicht. Sie liegen in einem Versteck im Geheimgang zwischen dem Schlafzimmer und dem daneben liegenden Salon. Und ich soll sie jetzt holen, weil durch die Bauarbeiten vor dem Schloss die Mauern stark in Mitleidenschaft gezogen wurden. So langsam rieselt der Putz zwischen den Steinen des Verstecks heraus. Nach den Arbeiten wird man mit Sicherheit die Mauern ausbessern müssen. Dabei kann man das Versteck dann unmöglich übersehen. Er hat mir die Lage ganz genau beschrieben.«

»Du willst mir doch nicht erzählen, dass du planst, etwas aus dem Museum zu stehlen?«

»Nicht stehlen. Das Paket sollte Margarete gehören. Aber man hatte die Frau leider erst nach seinem Tod wieder ausfindig machen können. Und so gesehen bin ich nun die rechtmäßige Erbin dieser Briefe.« Claudia lehnte müde den Kopf an das Geländer. »Ich weiß, dass sich das alles seltsam anhört. Aber ich schwöre, dass ich es so erlebt habe. Hältst du mich jetzt für völlig irre?«

Monika seufzte. »Ich habe, ehrlich gesagt, keine Ahnung, was ich davon halten soll. Doch vermutlich gibt es nur eine einzige Möglichkeit herauszufinden, was an der Geschichte dran ist.«

10

Claudia sah ihre Freundin neugierig an.

»Naja«, meinte diese dann zögernd. »Wir sollten ins Schloss gehen und nachsehen, ob es das Geheimfach und seinen Inhalt wirklich gibt.«

Schon am selben Nachmittag betraten beide Frauen die Eingangshalle des Oldenburger Schlosses. Claudia war so nervös, dass Monika fürchtete, die nette Dame an der Museumskasse könnte die unlauteren Absichten der beiden Besucher erraten. Sie kaufte die beiden Eintrittskarten und legte nach kurzem Überlegen noch eines der Bücher über den berühmten Grafen hinzu. Die Dame lächelte freundlich. »Wenn Sie sich für den Grafen interessieren, können Sie im ersten Stock die Zimmer besichtigen, in denen er damals gewohnt hat. Wir haben dort gerade eine Sonderausstellung über den Grafen Anton Günther.«

»Oh, vielen Dank für den Hinweis. Komm, Claudia.«

Claudia nickte nur und fasste ihre Umhängetasche fester. Sie folgte Monika die große Marmortreppe hinauf. Doch dann stolperte sie beinahe, als sie am Ende der Treppe einen uniformierten Museumsmitarbeiter entdeckte. Monika blieb ruhig und nickte ihm freundlich zu, was dieser mit einem ebenso freundlichen »Moin!« beantwortete.

Claudia hatte sich inzwischen wieder gefasst. »Ich weiß, wo der Geheimgang ist. Wir müssen nach rechts.« Dann führte sie die Freundin bis zu einer hohen hölzernen Tür, die ganz und gar unverdächtig aussah.

»Hier sind wir. Und was nun?« Monika sah sich verstohlen um. Mehrere Portraits von Adeligen hingen an den Wänden. Verschiedene Vitrinen zeigten Pokale und Teller aus Silber. Einige Bilder des Grafen Anton Günther hingen neben den Erläuterungen an Stelltafeln. Das Gesicht des Grafen stimmte eindeutig mit dem auf Claudias Bild überein. Aber natürlich bewegte sich keines der Bilder.

»Wenn du das wirklich tun willst, dann lass uns herausfinden, ob die Tür verschlossen ist, bevor die Führung hierher kommt«, flüsterte Monika. Ein Kichern mehrerer Kinder und die Erklärungen einer Museumsführerin waren deutlich aus dem Nebenzimmer zu hören.

Claudia drückte gespannt die Klinke herunter. Die Tür öffnete sich mit leisem Quietschen und gab den Blick auf einen staubigen Treppenaufgang frei, in dem sich einige Eimer und Besen befanden. Claudia holte die Taschenlampe aus ihrer Handtasche und huschte durch die Tür.

Monika erschrak, als die Stimme der Führerin lauter wurde. Schnell und leise schloss sie die Tür des Geheimgangs und hoffte, dass Claudia nicht unerwartet herauskommen würde.

Als die Gruppe den Raum betrat, stand sie bereits einige Schritte vom Geheimgang entfernt und las aufmerksam die Beschreibung eines vergoldeten Trinkhornes.

»Dieser Salon grenzt direkt an das Schlafzimmer des Grafen. Hier befand sich ursprünglich der Thronsaal des Schlosses, in dem der Graf auch seine Hochzeit feierte. Ihr müsst euch den Raum so groß vorstellen, wie die drei Salons zusammen, die wir gerade gesehen haben. Man hat ihn erst später unterteilt.« Die Kinder lauschten mäßig interessiert. Ein paar Jungen streckten den Damen und Herren an den Wänden verstohlen die Zunge heraus.

»Aber ich hatte versprochen, euch den Geheimgang des Grafen zu zeigen«, fuhr sie dann fort und war sich nun der gespannten Aufmerksamkeit aller Anwesenden im Raum sicher.

»Hinter dieser Tür befindet sich eine Wendeltreppe, über die sich der Graf ungesehen zu den oberen Zimmern begeben konnte.«

»Was wollte er denn da?« fragte ein Mädchen aus der Gruppe.

»Oben befanden sich die Gästezimmer und man erzählt sich, dass der Graf dort manchmal weibliche Gäste besuchte. Und außerdem hatte er seine Toilette in dem Gang.«

Das Mädchen und ihre Freundinnen kicherten.

»Können wir den Gang mal ansehen?« frage ein Junge ganz aufgeregt und Monika brach der kalte Schweiß aus.

»Das lohnt sich nicht. Wir nutzen ihn nur als Abstellkammer. Außer Staub und Spinnen ist dort nichts mehr zu sehen.«

»Igitt«, riefen ein paar Mädchen und schüttelten sich.

Die blonde Frau lächelte und winkte die Kinder weiter ins Schlafzimmer des Grafen.

Monika wartete mit klopfendem Herzen bis die Stimmen leiser wurden. Dann schlich sie zur Tür und öffnete sie vorsichtig.

»Claudia?«

»Monika? Sind sie wieder weg?«

Claudia schob sich schwer atmend aus der Tür und Monika klopfte etwas Staub von ihren Schultern.

»Und?« fragte sie dann gespannt.

»In dem Fach war ein Päckchen. Ich hab es hier in meiner Tasche und . . .«

»Schscht!« Monika schob sie vor die Vitrine mit dem Trinkhorn.

Die beiden Frauen betrachteten aufmerksam dessen schöne Verzierungen, bis der uniformierte Mann wieder im Nebenzimmer verschwunden war.

Claudia kramte in ihrer Umhängetasche und holte eine kleine goldene Münze hervor.

»Davon lag noch eine ganze Handvoll bei den Briefen. Der Graf hat sie damals mit seinem Kopf prägen lassen. Ich habe gehört, dass es nicht mehr allzu viele davon gibt.«

Monika nahm die Münze. Sie lag kühl in ihrer Hand.

»Was wirst du damit tun?« flüsterte sie dann.

»Als ich gerade warten musste, habe ich mir das gründlich überlegt.« Claudia wirkte jetzt wesentlich entspannter. »Die Briefe werde ich gut verstecken. Schließlich geht es niemanden etwas an, was der Graf meiner Vorfahrin heimlich geschrieben hat. Die Münzen werde ich dem Museum anbieten. Ich behaupte einfach, ich hätte sie überraschend zwischen Onkel Gustavs alten Sachen gefunden.«

Sie lächelte und hakte sich bei ihrer Freundin unter. »Aber jetzt gönnen wir beide uns erst einmal eine schöne Tasse Kaffee.«

Im Hinausgehen winkte Claudia einem der Bilder des Grafen zu: »Vielen Dank auch!«

Beide Frauen fuhren erschrocken zusammen, als eine tiefe Stimme antwortete: »Es war mir ein Vergnügen!«

Harz

Waldläufers Halali

Sabine Jacob

»Kora, such! Jaaa, feines Mädchen. Such schön.«, lobte Theo seine Deutsch-Drahthaar-Hündin und stapfte am Rand des Fichtenwaldes hinter ihr her. Frühnebel lag über den Teichen und reflektierte die ersten Sonnenstrahlen. Theo liebte diese Ruhe, die nur durch seine eigenen gleichmäßigen Schritte und Koras Schnüffeln unterbrochen wurde.

Theo hatte Rucksack und Flinte geschultert, die zu seiner Arbeitskleidung als Förster gehörten. Jetzt befand er sich auf dem allmorgendlichen Reviergang. Mit einem Blick sah er, dass Kora Witterung aufgenommen hatte. Bei der Nachsuche war Kora die Beste! Er folgte ihr in den Wald.

Auch hier hing der Nebel noch zwischen den Baumwipfeln und fächerte das Sonnenlicht. Koras Erregung stieg merklich an, und Theo fragte sich, was diesmal in die Bärenfalle getappt war.

Jetzt stand Kora vor und rührte sich nicht mehr. Theo ging etwas rascher und sah ein großes Bündel auf dem Waldboden liegen. Nach ein paar Schritten erkannte er, dass es ein Mann war.

»Feiner Hund, Kora.« Theo klopfte dem Hund die Flanke und kraulte ihm den Hals. Dann hockte er sich in die Knie und sah sich den Mann aufmerksam an. Tot war er nicht,

15

denn sein Brustkorb hob und senkte sich, wenn auch ganz leise.

»Wir kommen zu früh«, schimpfte Theo. »Ärgerlich. Ich hätte doch noch einen Kaffee trinken sollen. Aber dann hätte ihn vielleicht jemand anders entdeckt.« Er schob seinen grünen Lodenhut, an dem Eichelhäherfedern steckten, nach hinten und kratzte sich die kahle Stirn. »Mein Bein!«, wimmerte der am Boden liegende Mann. »Es steckt fest!« »Das soll wohl«, sagte Theo. »Schließlich sind Sie in eine Bärenfalle getreten.« Der Mann öffnete die Augen mit zittrigen Lidern: »Ich liege hier schon seit Stunden. Ich spüre mein Bein gar nicht. Der Knochen ist gesplittert, ich habe es gehört. Wie gut, dass Sie mich gefunden haben.« Er presste die Lippen aufeinander. Als er wieder durchatmen konnte, weiteten sich seine Augen, und er fragte erschrocken: »Hier gibt es Bären?« »Nein«, antwortete Theo. »Hier gibt es keine Bären. Nur die Bärenfalle – für Leute wie Sie!«

Theo ärgerte sich. Nicht nur, dass der Mann noch lebte, jetzt wollte er auch noch reden. Nun ja, dann würde er sich eben noch ein bisschen Zeit mit dem Fangschuss lassen.

Er setzte Flinte und Rucksack ab und ließ sich auf dem Stumpf einer Stieleiche nieder, die er im letzten Herbst hatte fällen lassen. »Leute wie mich? Was soll das heißen, Leute wie mich?«

»Leute wie Sie, ja. Die offensichtlich nicht lesen können! Wissen Sie überhaupt, wo Sie hier sind? In einem Gebiet, das von der UNESCO zum Weltkulturerbe ernannt wurde. Es ist das größte historische Wasserwirtschaftssystem der Welt! Haben Sie davon noch nie gehört? Vom Oberharzer Wasserregal?« Von einer Schmerzwelle erfasst, wand sich der Mann und umfasste wimmernd seinen Oberschenkel.

Theo missdeutete das als Antwort. »Typisch! Ignorant und oberflächlich wie die meisten Touristen. Mountainbiken, Kanufahren, Wintersport, Abenteuer und Spaß, dass interessiert euch! Ich frage mich, was in euren Köpfen vorgeht. Glaubt ihr, dass dieses ausgeklügelte Netz von Wasserläufen nur eurem Amüsement dient? Überall haben wir Schilder aufgehängt: Die einen zur Information, zum Beispiel, dass das Wasserregal der Energiegewinnung durch Wasserkraft dient und dass der Harzer Bergbau ohne diese Anlagen nie so bedeutsam geworden wäre.

Aber da sind noch die anderen Schilder, und die sind wichtiger. Sie hängen nämlich da, um das Gebiet zu schützen, und auf denen steht klar und deutlich: »Bitte bleiben Sie auf dem Waldweg«, »Betreten des Waldes abseits der ausgeschilderten Wege ist verboten«. Sogar gereimt haben wir: »Schonen Sie die Natur, Pflanz' und Tier brauchen Ruh«. Etwas holprig zwar, aber jeder kann verstehen, dass man gefälligst auf dem Weg zu bleiben hat.

Ach ja, und Schilder *gemalt* haben wir auch. Auf den Bildern sind die Bäume mit roten Kreuzen durchgestrichen und ein roter Pfeil zeigt auf den Weg. Jedes Kleinkind kann das verstehen! Aber nein, da kommen solche Leute wie Sie. Trampeln einfach durch den Wald. Stören den scheuen Luchs auf, halten die Fasane vom Aufbaumen ab und zertrampeln den empfindlichen Sonnentau im Hochmoor. Ihr bringt alles in Aufruhr!

Sagen *Sie* mir, was wir noch tun sollen! Ihnen *vorsingen*, dass Sie sich an die Waldwege halten müssen?« Theo griff sich ans Herz. »Ich reg mich schon wieder auf!« Erschöpft von der langen Rede stützte er sich mit einer Hand auf dem Waldboden ab.

Der schwerverletzte Mann lag weiterhin schmerzgekrümmt am Boden und hielt sich sein Bein. Ein Schweißfilm überzog sein Gesicht und auch das T-Shirt war am Rücken durchgeschwitzt, als er ungläubig fragte: »Und da haben Sie die Fallen aufgestellt?« »Ja.«, Theo bog seinen Rücken durch. »Sie sind übrigens schon der siebte, den ich geschnappt habe.«

Jetzt schlich sich langsam Angst in Charlys Augen. Er hatte es offensichtlich mit einem Verrückten zu tun. »Sieben?«, wiederholte er ungläubig. »Sie haben schon sieben geschnappt? Was haben Sie denn mit denen gemacht?«

»Naja, ich habe noch niemandem davon erzählt. Wahrscheinlich würde man mich für verrückt halten, für einen ›Psycho‹, wie meine Enkel sich neudeutsch ausdrücken. Aber die anderen haben auch nicht seit fast fünfzig Jahren gegen Windmühlen gekämpft, um diesem besonderen Gebiet die Ruhe zu geben, die es braucht! Kennen Sie sich hier aus?« Charlie schüttelte den Kopf. »Nein, natürlich nicht! Nun, dahinten,« Theo nickte mit dem Kopf nach schräg rechts, »dort ist das sogenannte Gestell. Dort wird das geschlagene Holz gelagert. Solange, bis ein Teil davon an Ort und Stelle weiterverarbeitet wird.

Nun ja, dort habe ich ihre sieben Vorgänger erst einmal versteckt. Oder das, was die Wildschweine, Eichhörnchen und die anderen Aasfresser von ihnen übrig gelassen haben. War nicht immer appetitlich, der Anblick, wenn Sie wissen, was ich meine.« Theo räusperte sich. »Aber was sein muss, muss sein.«

Er schaute Charlie jetzt aus zusammengekniffenen Augen an. »Im Spätherbst wird das qualitativ minderwertige Holz geschreddert. Und was glauben Sie, wer den Schredder jedes Jahr Probe laufen lässt? Na, wer ist der erste Mann am Schredder? Riiichtiiich! Oberförster Theo persönlich. Morgens, bevor irgendjemand meiner Kollegen auch nur ans Aufstehen denkt, ist der gute Theo schon im Wald. Und schreddert. Offiziell, um die Maschine zu prüfen, und inoffiziell, um… Aber da sind Sie jetzt der Erste, der davon erfährt. Wie heißen Sie eigentlich?« »Charlie«, hauchte der Verletzte voller Entsetzen.

»Okay, Charlie. Wir sollten uns duzen. Spricht sich leichter. Ich bin Theo.« Er nickte Charlie zu. »Übrigens bin ich jeden Morgen so früh, schließlich muss ich die Fallen kontrollieren. Sind ja nicht legal, die Schnappfallen hier.

Den Rest können Sie sich selbst zusammenreimen. Die Kommunen holen den Schredder ab und verteilen ihn in den Beeten. Wird feinster Humus! Und von den Waldläufern«, er lachte auf, »so nenn ich sie bei mir: Waldläufer – fehlt jede Spur. So ist der Gang der Dinge. Hier bin ich der einzige Mensch, der sich abseits der Wege bewegen darf.

So, und nun genug geredet. Jetzt werde ich dich von deinem Leid erlösen. Bin ja schließlich kein Unmensch.«

Charlie war leichenblass geworden. Er überlegte fieberhaft, wie er sich aus den Fängen dieses Psychopathen befreien könnte. Die Schnappfalle hatte die Wadenmuskeln zerfetzt. Der Schienbeinknochen war fast durchtrennt und Knochensplitter stachen weiß und scharfkantig hervor. Der dunkle Fleck im Moos schimmerte nur noch matt, aber immer noch sickerte Blut aus der tiefen Fleischwunde.

Charlie wurde übel und er unterdrückte einen Brechreiz. Sein Gehirn arbeitete auf Hochtouren. Mühsam stützte er sich auf den Ellenbogen: »W-w-warte einen Moment!« Die namenlose Angst ließ ihn stottern. »D-d-dort – die blaue Tüte.« Er zeigt auf eine Stelle, die mit hohem Farn bewachsen war. »Schau einmal hinein, Theo! Vielleicht können wir ein kleines Geschäft machen!« »Ein Geschäft, hä? Warum sollte ich mit Dir ein Geschäft machen?« Theo hatte sich schwerfällig erhoben und hielt die Flinte locker in der rechten Hand. Langsam wurde das Gerede lästig. »Was ist denn in der Tüte?« »Schau' rein!« Charlie sprach jetzt schneller und atmete hastig. »Sie ist voller Geld!«

»Woher kommt das Geld?«, fragte Theo misstrauisch. »Es stammt aus einem Banküberfall«, sagte Charlie und blinzelte heftig. »Ich bin nämlich nicht einer von denen, die ohne Grund die vorgegebenen Pfade verlassen! Bestimmt nicht! Es war eine Notsituation!«

Theo blickte ihn nun mit unverhohlener Neugier an, und Charlie spürte: Wenn er es jetzt geschickt anstellte, hatte er eine Chance.

»Ich habe eine kranke Frau und meine drei Kinder sind auch krank.« »Alle drei?« fragte Theo, zwischen Misstrauen und Mitleid hin und her gerissen. Charlie beeilte sich, zu nicken: »Ja, alle drei. Ich habe keine Arbeit, und die Medikamente sind so teuer.« »Ja, ich weiß«, nickte Theo verständnisvoll. »Meine Frau hat's im Rücken. Ist nicht billig!« »Also war ich gezwungen, die Bank auszurauben. Aber ich schwöre dir, ich bin nur vom Weg abgegangen, um die Beute zu verstecken. Und ich habe hastige Bewegungen vermieden. War so leise und vorsichtig wie ein Mäuschen.« Jetzt hatte er den Finger auf die Lippen gelegt und flüsterte: »Nimm das Geld und lass mich gehen. Ich erzähle keinem von deinem Geheimnis. Ich liebe den Oberharz so sehr wie du, und ich schätze und schütze ihn, wo ich kann. Den Rest des Geldes wollte ich für die Instandhaltung der Wasserläufe einsetzen und eine Naturhecke anlegen.«

Charlie schaute Theo eindringlich an und fragte sich, ob er diesen Köder schlucken würde. Theo erwiderte seinen Blick: »Du meinst, als Deckung für das Wild?« »Ja, und als Brutstätte für die Vögel. Und – und als ökologische Nische für die Insekten, natürlich. Du weißt schon, die Nützlinge.«

Charlie lief inzwischen der Schweiß in Strömen über das Gesicht und er sah nur noch verschwommen. Sein Gesichtsfeld verengte sich zunehmend und leuchtende Punkte flackerten vor seinen Augen. Blinzelnd versuchte er, Theo zu fokussieren. Wenn er ihn jetzt nicht überzeugt hatte, war er verloren. Aber er konnte an Theos Mimik nicht ablesen, ob dieser auf sein Geschwätz eingehen oder ihn durchschauen würde. Theo sah ihn noch immer ausdruckslos an.

»Bist ein Guter«, fällte Theo schließlich sein Urteil. »Ich kenne die Menschen, und du bist kein Waldläufer. Komm, ich mach dich los, und wir holen einen Arzt. Das Geld behalte für deine Familie. Aber«, jetzt drohte er mit dem Zeigefinger, »vergiss die Wasserläufe und Naturhecken nicht. Die Tüte behalte ich, für den Fall, dass du mich verpfeifen solltest. Dann zeig ich dich nämlich an. Über die Fingerabdrücke und das Blut kann man dich leicht identifizieren. Hey, Kora, sag Charlie ›Hallo‹!

Vielleicht, Charlie, ist dies der Beginn einer wunderbaren Freundschaft. Was meinst du?«

Nordsee

Süderdünen

Tebbe Kress

Stundenlang hatte er versucht, alles wieder rückgängig zu machen. Die Tischplatte abgewischt. Den Flickenteppich in die Waschmaschine geworfen. Die Holzdielen geschrubbt. Tanja wieder in den verschlissenen Sessel gesetzt. Nur das Messer lag immer noch auf dieser albernen Papierserviette. Das Wichtigste würde er nicht vergessen.

Roque ging auf den Balkon und atmete tief durch. Eine sanfte Brise strich durch sein schweißnasses Haar. »Zu warm«, dachte Roque. Er hörte das Rauschen des Meeres, das sich seit gestern Abend kaum verändert zu haben schien. Im Grunde war es ohnehin immer das Gleiche. Vor und zurück. Vor, zurück. Vor, wieder zurück.

Roque hatte jetzt Zeit. Er würde Tanja das Ganze noch einmal in Ruhe erklären. »Ich habe immer mit offenen Karten gespielt«, rief er über die Schulter. Die Lamellen vor der Balkontür knisterten leise. »Nein, das stimmt doch überhaupt nicht. Du wusstest von Anfang an Bescheid. Ich habe dir gesagt, dass ich verheiratet bin. Dass wir zwei Kinder haben. Dass . . .«.

Der Wind frischte auf. Roque ignorierte die feinen Körner auf seiner Zunge. »Wir hatten doch eine schöne Zeit. Weißt du noch – letztes Jahr in Paris? Die drei Tage in Belgien? Und jetzt, hier, ist das gar nichts?« Roque wies mit ausgestrecktem

Zeigefinger in die Dünenlandschaft als wolle er die stillen Sandhügel aufspießen. Die Lamellen schaukelten. Roque versuchte einen Blick auf Tanja zu erhaschen, sah aber nur ihre Umrisse. Sie hatte sich nach vorne gelehnt. Immer saß sie so da. Nur Vor. Kein Zurück. Roque wusste es besser.

Süderdünen. Roque überlegte, was er sich damit sagen wollte. Aber das spielte auch keine Rolle. Tanja musste erst verstehen, worum es ihm ging. »Wie stellst du dir das überhaupt vor?«, fragte Roque und setzte sich in den weißen Plastikstuhl neben der Balkontür. »Du willst das Kind also behalten, ja? Und dann? Soll ich mich scheiden lassen? Gerti bekommt Max und Emma, und wir beide fangen ein neues Leben an?«

Roque sah ins Zimmer und rückte den Stuhl noch näher an die Tür. »Was hat das denn mit Liebe zu tun? Du weißt, dass ich dich gern mag, und wenn wir uns früher getroffen hätten, wäre vielleicht alles anders gelaufen. Aber ich bin eben nicht mehr...«. Er wurde von einem scharfen Luftzug unterbrochen. Auf dem Geländer saß eine Möwe, die ihn lauernd beobachtete. »Seegespenst«, sagte Roque, während ein schiefes Grinsen über sein Gesicht huschte. Er versuchte zu verstehen, warum sich der Vogel für ein kaum geheiltes Herz interessierte. Die Möwe fixierte ihn noch eine Weile. Dann schüttelte sie nachdenklich den Kopf und verschwand in der Nacht. Roque sah, wie auf ihrem endlos langen Schrei Buchstaben durch die Luft tanzten. S-ü-d-e-r-d-ü-n-e-n.

Das waren mindestens zwei Kilometer. Doch Roque hatte noch etwas zu erledigen. Damit kam Tanja nicht durch. »Aber wer sagt denn das? Natürlich möchte ich, dass wir zusammenbleiben. So wie bisher. Wichtig ist nur, dass du dieses Kind...«. Roque atmete den heftigen Windstoß ein. »Wir sollten das schnell hinter uns bringen. Später können wir in Ruhe über alles reden, wer weiß schon, wie sich die Dinge entwickeln. In ein, zwei Jahren kann das alles anders aussehen.«

Das Rauschen war lauter geworden. Warum mischte es sich hier ein? Roque sprang wütend auf. »Das geht so nicht, das kannst du mit mir nicht machen. Wir hatten eine Vereinbarung«, schrie er in die nächste Windböe. Roque spürte, dass er rot geworden war. In seinem Mund lief das Wasser so schnell zusammen, dass er sich verschluckte. »Speichelwellen«, dachte er und erinnerte sich an den Nachmittag, als hätte ihn ein anderer erlebt.

Tanjas Haare im Wind, Strandhafer im Wind, Kinderdrachen im Wind. Ein Leierkastenmann spielt »Lili Marleen«. Roque spürt etwas. Sand. Sonne. Wasser. Drei schwere Metallständer, in denen Kitsch-Postkarten stecken. »Schöne Grüße von Langeoog«. Roque weiß: Wenn ein Ständer stehen bleibt, ist alles verloren. Der erste wird langsamer. Roque stößt ihn an, läuft dann zum zweiten und dritten. Vor und zurück.

»Der Leuchtturm, der Leuchtturm! Aber wo ist die Laterne? Hast du das große Tor gesehen?« Roque hört die fröhlichen Kinderstimmen, aber er darf sich nicht ablenken lassen. Aus den Postkartenständern wächst jetzt Strandhafer, der sich gegen den Wind stemmt. »Seegespenst«, schreit Roque.

Tanja dreht sich lachend um ihn herum. Der dunkelrote Fleck auf ihrer Bluse scheint sie nicht zu stören. Roque will mit ihr sprechen, doch Tanja schwebt bereits neben den Kinderdrachen. Ihr Gesicht verschwindet in den Süderdünen.

»Ich werde nicht zulassen, dass du mein Leben zerstörst«, brüllte Roque und trat den Stuhl gegen die Hauswand. Ein Plastiksplitter schlitzte seine Wade auf, aber Roque spürte den Schmerz nicht. Der Wind peitschte landeinwärts, das Meer dröhnte in seinen Ohren. Roque schlug die Hände vor das Gesicht und sackte langsam zu Boden.

Die Klingel hörte er nicht. Dafür Rufe – und später Schläge. Roque stand auf und ging langsam zur Tür. »So geht das nicht weiter!« Frau Krawczyk war außer sich. Nur vor. Kein Zurück. Als Roque die Hand auf die Klinke legte, hielt er plötzlich inne. Er hatte das Wichtigste vergessen.

Braunschweig/Braunschweiger Land

Happy End?

Yael Brunnert

Ich bin tatsächlich hier. Atme die Luft, die auch er eingeatmet hat. Schaue aus dem Fenster, aus dem auch er geschaut hat. Laufe auf dem Teppich, auf dem auch er gelaufen ist.

Ich musste einfach mal weg. Etwas Neues erleben. Meinen Kollegen konnte ich nicht mehr sehen und seine Wutausbrüche nicht mehr ertragen. Und jetzt bin ich hier, in Wolfenbüttel, in dem Hotel, in dem auch Casanova übernachtet hat. Natürlich ist nicht mehr alles so, wie es war, als er hier schlief, doch stelle ich es mir in diesem Moment so vor.

Casanova, ein Mann, der vor zwei Jahrhunderten inspirierte und auch heute noch die Filmindustrie zu einem Spielfilm anregt. Wer war Casanova, der venezianische Schriftsteller, Abenteurer und Libertin in zweierlei Hinsicht wirklich, frage ich mich. Er war mehr als nur sein Klischee, denn er war ein gebildeter Mann und besaß einen zweifachen Doktortitel. Weltliches und kirchliches Recht. Priester wurde er jedoch nicht. Das hätte mich auch gewundert, denn er scheint ein aufbrausender Mann gewesen zu sein, der sich seinen Emotionen hingab. Seine zweite Leidenschaft neben den Frauen war das Schreiben. In schweren Zeiten waren sein Stift und sein Papier immer bei ihm. In dieser Hinsicht bin ich ganz auf Casanovas Seite.

Ich müsste glücklich sein, denn ich habe eigentlich alles, was ich mir einmal gewünscht habe. Ich lebe in Berlin, bin Verlegerin und verdiene genug Geld, dass ich mir Freiheiten erlauben kann. Eigentlich könnte ich für ein verlängertes Wochenende in die USA fliegen und es mir dort in einem Hotel Spa gut gehen lassen. Aber eben nur eigentlich. Ich arbeite so viel, dass ich diese Freiheiten meist nicht in Anspruch nehmen kann. Mein Kollege, neben mir der zweite Verleger in unserer Firma, verdient mehr als ich. Weil er ein Mann ist. Er lässt mich selbst am Wochenende nicht in Ruhe, und bittet mich oft auch am Sonntag noch ins Büro zu kommen, da er unbedingt, wie er sagt, meine Meinung zu einem Manuskript braucht, das gerade eingetroffen ist.

Meine beste Freundin Charlie, eigentlich Charlotte, zieht mich immer auf, dass er insgeheim auf mich steht, und die Manuskripte nur als Vorwand nimmt, um mich sehen zu können. Aber das ist lächerlich. Und selbst wenn, er ist mein Kollege und ich habe mir geschworen, nie so tief zu sinken, dass ich mir Erfolg erschlafe, oder mich in irgendeiner Weise auf Liebschaften mit einem Arbeitskollegen einlasse.

Außerdem ist Franz – der Name ist eindeutig zu gut für ihn – ein wahrhafter »Casanova«. Vermutlich ist er schlimmer, als der Stereotyp es je war. Aber ich bin nicht nach Wolfenbüttel gekommen, um über meinen Kollegen oder mein Leben in Berlin nachzudenken. Ich will die Hektik und den Stress für ein paar Tage hinter mir lassen.

Einfach mal nichts tun. Obwohl das manchmal schwerer fallen kann, als man denkt. Aber versuchen werde ich es. Wolfenbüttel ist wirklich eine schöne Stadt. Die Sonne scheint auf die alten Fachwerkhäuser, die imposanten Eichen und lässt alles wie in einem Märchen aussehen. Ich hätte viel früher hierher fahren sollen. Es ist eine ganz andere Welt im Vergleich zu Berlin. Aber es ist im Moment die kleine, abgeschiedene Welt, die ich brauche. Ob Giacomo das wohl auch gedacht hat, als er sich hier aufhielt?

Ich schlendere durch die kleinen Gassen und verweile in Antiquariaten. Es ist schon lange her, dass ich ein Buch gelesen habe, das ich mir selbst ausgesucht habe, und zu dem ich mir keine Notizen machen musste. In diesem Moment habe ich das Gefühl, dass die Sonne nur für mich scheint. Ich weiß, dass sich das kitschig anhört, doch ich bin gerade in so einer Stimmung. Heute möchte ich jemand sein, der den Moment genießt und nicht darüber nachgrübelt, was in der Vergangenheit falsch gelaufen ist.

»Entschuldigung. Darf ich fragen, wie du heißt?« »Muss das sein?«, denke ich.

»Kommt drauf an. Bist du heterosexuell?«

»Das wurde ich noch nie gefragt. Wieso kommt es drauf an?«

»Also, wenn du es nicht bist, dann steigt die Chance, dass ich dir meinen Namen verrate.«

»Und wieso?«

»Weil ich dann sicher sein kann, dass du mich nicht anmachen willst, sondern einfach nur höflich nach meinem Namen fragst.«

»Aber ich kann doch auch heterosexuell und höflich sein, oder nicht?«

»Vielleicht, aber es wäre doch selten.« Ich muss ein wenig schmunzeln.

»Verrätst du mir trotzdem deinen Namen?« Er lächelt so, dass ich ihm nichts abschlagen kann. So ein Mist aber auch. Jetzt wollte ich mal alleine mit meinen Gedanken sein, und kann es doch nicht lange aushalten. Aber zu einfach darf ich es ihm auch nicht machen.

»Vielleicht.«

»Damit kann ich leben. Du bist neu hier, oder?«

»Sieht man mir das an?«

»Nein, aber Wolfenbüttel ist nicht Berlin. Hier fallen neue Leute auf.«

»Das ist wohl wahr.«

»Du fügst dich aber schon gut ein.«

»Da bin ich beruhigt.« Ich muss schon wieder lächeln. Warum kann ich nicht einmal cool bleiben?

»Woher kommst du denn?«

»Du bist ganz schön neugierig, oder?«

»Wäre möglich.« Er lächelt schon wieder sein »Dahinschmelzlächeln«. Das kann ich wirklich nicht gebrauchen. Da kann man ja nur schwach werden. Aber nein, ich bleibe standhaft. Zumindest jetzt noch.

»Du, ich muss los«, sage ich schnell und mache mich auf den Weg zu meinem Hotel. »War nett, dich kennengelernt zu haben«, sage ich über die Schulter.

»Schade. Ich bin übrigens Giacomo. Vielleicht sieht man sich noch mal.«

Irgendwie tat es mal wieder gut, eine freie, ungezwungene Unterhaltung zu führen, die nichts mit der Arbeit zu tun hatte. Ich muss Giacomo auch durchaus Recht geben, Wolfenbüttel hat tatsächlich einen wunderschönen Marktplatz. Früher wusste man, wie so etwas gemacht wird. Natürlich gibt es auch heute interessante Bauten, doch dieses gewisse Flair haben für mich nur die alten Häuser.

Irgendwie lustig, dass der Mann Giacomo hieß. Filmmaterial! Jetzt müsste ich mich nur noch in ihn verlieben, er müsste sich als romantischer Liebhaber herausstellen, und der Film wäre perfekt. Meine Freundin Charlotte liebt Liebesfilme. Sie würde ihn sich sofort anschauen. Aber ich kann im Moment gar nicht darüber nachdenken, mein Leben mit jemand anderem zu teilen.

Ich weiß, es klingt egoistisch, aber ich muss erst herausfinden, ob ich mein Leben so weiterleben will wie bisher. Am liebsten würde ich ein Jahr Pause machen, und um die Welt reisen. Ein wenig Geld habe ich ja gespart, und mein Kollege würde meine Stelle vielleicht sogar freihalten, aber wäre ich mutig genug, alleine zu reisen?

Manchmal wäre ich lieber ein Mann. Es hat durchaus Vorteile. Jetzt sitze ich hier auf einer Bank, schaue auf das schöne Rathaus und bin doch wieder am Grübeln. Abschalten fällt mir tatsächlich schwer. Aber immerhin habe ich nicht an die Arbeit gedacht und auch noch keinen Anruf von meinem Kollegen bekommen. Vielleicht hat er tatsächlich verstanden, dass ich ein wenig Zeit für mich brauche. Mein Handy klingelt. Womöglich habe ich mich zu früh gefreut.

»Hallo?«

»Katharina, wo sind Sie?« Er ist es.

»Ich habe Ihnen doch einen Zettel auf den Schreibtisch gelegt.«

»Sie können mich aber doch nicht einfach alleine lassen. Sie wissen doch, dass ich ohne Sie nicht zurechtkomme. Ich brauche Ihre Meinung.«

»Franz, Sie schaffen das. Ich lege jetzt auf.«

»Nein, Katharina, warten...« Aufgelegt. Zum Glück weiß ich, dass er mich nicht wirklich braucht. Ich kann mich jetzt einfach nicht mit ihm befassen. Mein Handy klingelt wieder. Diesmal gehe ich nicht dran. Ich werde jetzt etwas tun, was ich früher nie gewagt hätte. Ich schalte mein Handy aus. Es ist ein befreiendes Gefühl.

In diesem Moment weht der Wind leicht durch meine Haare. Ein Sonnenstrahl trifft mich. Eigentlich bin ich keine Romantikerin, aber dieser Moment ist irgendwie doch... Charlie würde natürlich sagen, dass mir ein Mann an meiner Seite fehlt, aber in diesem Augenblick, auch wenn er vielleicht nicht lange andauert, bin ich glücklich mit mir selbst und meinen Gedanken. Ich kann endlich einfach nur hier sitzen und die Sonne genießen, ohne auf die Uhr schauen zu müssen.

Plötzlich sehe ich ihn wieder. Er sitzt in einem Café und tut so, als ob er ein Buch lesen würde. Doch gerade habe ich ihn erwischt, wie er mich angeschaut hat. Ich glaube sogar, dass er sein Buch falsch herum hält. Eigentlich finde ich ihn ganz süß. Ich hätte nie gedacht, dass ich dieses Wort mal für einen Mann benutzen würde. So viel zu meinem »Gerne Alleinsein« und »Über mich nachdenken«.

Immerhin hatte ich meinen »alone time moment«. Das ist mehr als ich in der Hektik in Berlin jemals hatte. Außerdem hat Giacomo es geschafft, dass ich mich mit ihm unterhalten habe, als ich eigentlich allein sein wollte. Und man muss ja nicht gleich ans Heiraten und Kinderkriegen denken. Ich könnte für mich etwas ganz Untypisches machen und es langsam angehen lassen, nicht zu viel nachdenken. Das Leben einfach auf mich zukommen lassen. Wenn er mir nicht gefällt, kann ich immer noch mein Alleinsein genießen, und wenn doch...? Vielleicht bekommt Charlie ja tatsächlich ihre Liebesgeschichte und ich meine Reise zu zweit. Mein Happy End. Wer weiß?!

Grafschaft Bentheim

Weiße Päckchen

Dirk Manzke

Dass so viele Menschen die Stadt ihrer Kindheit verlassen würden, hatte Osta sich nie vorstellen müssen. Es gehörte nicht in seine Lebenswelt. Lange verstanden es die Eltern, ihn vor den Geschicken der Zeit zu schützen. So drang das Unheimliche, oft flüsternd Erzählte, nur unscharf in sein Bewusstsein. Es blieb zwar eine finstere Ahnung, doch diese hatte für Osta nie an Schärfe gewonnen. Erst mit dem plötzlichen Fortgang aus Lyck veränderte sich sein Leben. In der Frühe waren Uniformierte gekommen und verlangten, dass sie ihre Wohnung aufgeben müssten, um unbestimmt in Richtung Westen fortzuziehen. Nun war der Krieg auch in Ostas Leben angekommen. Jetzt begann er die Bemerkung seines verschwiegenen Vaters zu verstehen. Vor zwei Jahren hatte dieser kurz vor seiner Abreise geflüstert, dass all die Unruhe nun auch in ihrer Familie angekommen sei.

Inzwischen waren Wochen vergangen, lange beschwerliche Wochen. In endlosen Menschenzügen zog Osta mit seiner Mutter die Straßen entlang, sah verlassene Dörfer, zerstörte Städte, verwüstete Landschaften, erlebte Überfälle, Erniedrigung, aber auch Solidarität. Wichtiger, als sich selbst zu ernähren, blieb die Versorgung der Pferde, denn das wenige Hab und Gut musste um des Überlebens Willen transportiert werden. Mit einigen Familien teilten sie sich den Ziehwagen und die Pferde. Wie viele Tage nur saß er nun schon schweigsam und ohne Ziel auf dem Wagen und betrachtete hungrig die Straßen. Er sah die sich dahinschleppenden, übermüdeten Menschen, schaute in die hohen Weißbuchen, entdeckte aus den Wäldern herausblinzelnde Seen und bewunderte die das aufgetürmte Fuhrwerk ziehenden Pferde. Ihr duldsam trippelnder Gang prägte sich ihm wie der Gleichklang eines alten, rhythmisch gespielten Instrumentes ein. Er sollte es niemals vergessen.

In diesen Wochen begriff Osta, dass die Zeit des Kindseins zu Ende war. Was aber Zukunft darstellte, das ließ sich nicht herausbekommen. Als er den Vater noch fragen konnte, antwortete dieser: Wer weiß das schon? Wir ziehen unbekannt wohin. Wohin? Tja, wohin? Er wusste es nicht. Niemand wusste es. Und die Mutter meinte immer wieder, als andere Menschen, denen sie sich nach und nach anvertrauten, vorschlugen, in diesem Städtchen oder jenem Dorf einen Halt zu wagen, sie sollten weiterziehen. Weiter? Ja, weiter.

Inzwischen war aus vertrauten Landschaften ein gleichmütig stimmendes Bild geworden, das sich in Unendlichkeit aufzulösen schien. Die Routine der Tage und Nächte dehnte sich zu Gleichgültigkeit, während der Hunger nur durch ein immer wieder vollzogenes tiefes, ja seufzendes Ein- und Ausatmen auszuhalten war. Nur die Mutter blieb wach. Wachsam. Inzwischen hatten sie Gegenden erreicht, wo an den Straßenrändern weniger ausgebrannte Fahrzeuge lagen. Verwilderte Brachfelder wechselten mit abgeernteten Ländereien. Es regnete viel, doch Osta hatte sich längst an das wechselnde Wetter gewöhnt. Schließlich kannte er ja auch die strengen Winter in Lyck. So kauerte er sich mal unter die Planen des Fuhrwerks, mal saß er oben auf und beobachtete den stolzen Flug der Zugvögel. Wohin?

Dass sich die Menschenzüge allmählich verkleinerten, war ihm nicht entgangen. Hier und da verschwanden einige Menschen in eine Straße oder einen Weg, wurden hier oder da aus den Reihen herausbeordert und irgendwo eingewiesen. Selten verabschiedete sich jemand. Einer immer stumpfer werdenden Manövriermasse gleich, so ging es weiter und weiter durch fremdes Land. Wohin?

Allmählich veränderten sich die Häuser, veränderte sich die Mundart, sickerte ein anderes Licht aus den Wolken auf die schmächtig gewordenen Rücken der Pferde. Aus der Ungewissheit war Müdigkeit geworden, alles durchdringende Müdigkeit. Weiter? Ja, weiter.

Dass es britische Soldaten waren, die ihren ergrauten, eingestaubten Menschenzug aufgriffen, erfuhr Osta erst später. Ihre Sprache verstand er nicht. Doch die Mutter schien ihnen zu trauen. Ostas sonst so waches Interesse an den Geschehnissen war inzwischen geschwunden. Unmerklich hatte sich auch in ihm Lethargie festgesetzt, denn Ankunft würde es wohl nicht geben. Nur gut, dass er sich seines für ihn schon entrückt wirkenden Vaters erinnern konnte. Ja, der würde Osta jetzt mit aufmunternden Geschichten wach halten. Dann spürte Osta Traurigkeit. Als der Vater fortreiste, grub sich ein tiefer Schatten in sein ruhiges Gesicht. Erst jetzt erkannte Osta, dass der Vater damals in kürzester Zeit ein Anderer geworden war. Er hatte Abschied genommen von einer Zeit, in der Osta noch lebte. Es war die Zeit seiner Kindheit. Vorbei? Ja, vorbei.

Sie würden also nicht mehr weiterziehen. Irgendwo schien es eine Grenze zu geben, die nicht zu überschreiten war. So wurden die Menschen nach für Osta unklaren Gesichtspunkten eingeteilt. Die Mutter gab sich dabei unerwartet willig. Nicht allzu weit entfernt befand sich ein Barackenlager. Hier also würden sie bleiben? Wie lange? Tja, wie lange? War dieses Lager also der Grund gewesen für den langen Weg? Wieder fehlten Osta die kleinen, ihn oft zu Nachdenklichkeit stimmenden Geschichten des Vaters. Er ahnte jetzt, dass der Vater damals nicht verreisen, sondern nur der Koslowski bleiben wollte, ein beliebter Deutschlehrer in Lyck.

Befremdet und gleichgültig sah Osta in der Ferne einige stählerne Türme aufragen. Unter diesen unheimlich wirkenden Gerüsten, die sich schwarz gegen den Himmel abzeichneten, grasten Kühe.

Das Lager war öde. Dreckig. Es schien, wo es stickig roch, gerade geräumt. Hier blieb es den Ankömmlingen überlassen, anzukommen. Sie versuchten es, mussten es versuchen. Doch über den neuen Alltag am fremden Ort lag ein Erinnern, dass nie ausgesprochen wurde. Es war ein Schweigen, indem sich die Menschen während des Marsches eingerichtet hatten, nicht irgendein Schweigen, sondern eines, das einsetzte, wenn es galt, etwas zu verbergen. In diesen Tagen hörte Osta seine Mutter weinen. Da wusste er, sie würde den Vater vermissen.

Schnell drängte sich ein neuer Alltag in ihr Leben. Osta war mit der Mutter auf den Hof von Bauer Lorch gewiesen worden. Er war ein mürrischer Mann von mächtigem Wuchs. Er hatte die Arbeitskräfte auf seinem Hof nur zugelassen, weil er dafür zusätzliche Kühe forderte und diese auch bekam. Außerdem sah er in ihnen, wie die Mutter Osta zuflüsterte, Ersatz für die Menschen, die die Gegend in den letzten Wochen in Richtung Osten verlassen hatten. In Lorchs Gesicht stand Hochmut, als er die ausgezehrten Menschen sah. Doch bediente er sich der neuen Arbeitskräfte gern. Nach knapper Begrüßung wies Lorch der Mutter Arbeit im Haus zu, die von dessen Frau, einer alternden Bäuerin gelenkt wurde. Erst da sah Osta an der Wasserpumpe im Schatten der Kastanie eine zweite Frau im Alter seiner Mutter, die nicht aufschaute. Osta sollte sich bei dem größeren Jungen melden, der etwas abseits zu warten schien. Mit in die Hüfte gestemmten Armen stellte er sich vor Osta auf. In Statur und Erscheinung glich er dem alten Lorch.

Sofort nach dessen Wink übernahm er den herrschenden Ton des Bauern. Mit ausdruckslosem Gesicht wies er Osta an, er müsse auf Grund seiner schmächtigen Erscheinung endlich das Arbeiten lernen und sich so sein Essen verdienen. Er würde es ihm schon beibringen. Ein drohender Ton lag in diesen Bemerkungen, der sich allerdings nicht im Klang der Stimme wieder fand. Osta spürte schnell, dass er, wie es der Vater für bestimmte Situationen riet, schweigen sollte. So lernte Osta, in einer neuen Welt angekommen zu sein, die nicht nach ihm fragte, sondern Forderungen stellte. Er ahnte, dass er jetzt keine Fehler machen durfte und schwor, den Erwartungen zu entsprechen. Dieser stämmige Junge wich zwar allen Blicken aus und wirkte verängstigt, doch zugleich warf er Osta seine eingeübt harten Anweisungen zu. Schnell zeigte sich, dass der alte Lorch den Jungen streng unterwiesen hatte. In aller Frühe sollte Osta das Vieh im Stall versorgen, die Kühe hinaus auf die Weide bringen, schließlich zwei der Pferde noch vor Arbeitsbeginn auf die Ölfelder zur Ölverladung führen. Erst dann könne er zur Schule gehen. Anschließend müsse er wiederum auf dem Hof arbeiten.

Die Wochen vergingen. Die Arbeit im Stall war für den immer hungrigen Jungen anstrengend. Doch der kontrollierende, leere Blick des größeren Jungen, der Winfried gerufen wurde, traf Osta jetzt seltener. In der Frühe, als Osta seinen Weg zu den Türmen lief, wo die Pferde für die Ölverladung hinzubringen waren, schlief dieser Winfried noch. Für Osta war das erleichternd. Winfried schien eine unverständliche Narrenfreiheit zu genießen, die sich zwar nicht unbedingt auf dem Hof, dafür aber im Umgang der Lehrer mit ihm zeigte. So ging er nach Laune zur Schule, ohne Entschuldigungen abgeben zu müssen. Immer wieder bekam er gute Noten, ohne das Gelernte mit den Mitschülern austauschen zu können. Osta konnte sich das nicht erklären.

Selten gingen die Jungen den Weg von der Schule zum Bauernhof gemeinsam. Dann kamen sie schleppend ins Gespräch, ohne sich anzunähern. Dabei musste sich Osta noch oft die steifen Anweisungen Winfrieds anhören. Doch mit dem Leben hier kamen die Erfahrungen. Osta lernte, durch ein milderndes, beim Vater erfahrenes Innehalten seinem Befremden zu widerstehen.

Inzwischen holte er die Pferde sogar gern von der Ölverladung. In dieser Zeit lernte er, dass die himmelwärts aufsteigenden Gerüste Bohrtürme waren. Er begann, den eigentümlich schweren Geruch zu verstehen, der sich über diese fremde Gegend gelegt hatte. Es war der Geruch nach Öl, der sich auch in seinem Körper festzusetzen schien. Längst waren die schmierigen Lachen, die sich oft um diese Türme auftaten, diese stickig riechenden Öllachen, in deren Schwarz sich der Himmel spiegelte, zur Selbstverständlichkeit geworden. Wie oft musste Osta da an die Seen in den masurschen Wäldern denken, an das satte Grün der Sommer und das füllige Weiß der Winter. Hier aber gliederte sich Ostas Tag in unterschiedliche Gerüche. Es war der stickige Geruch im Lager, der süßliche Geruch auf Lorchs Hof, der Ölgestank bei den Türmen, die trockene Luft in der Schule.

Nun aber kam der Winter mit seinem eisigen Hunger. Um etwas Essbares zu bekommen, mühte sich Osta trotz Kälte und Müdigkeit auf dem Hof. Manchmal gab der alte Lorch dem Jungen dafür etwas zu essen.

Der frühmorgendliche Weg mit den Pferden vom Hof bis zum Ölfeld wurde sein Atemfenster, bevor sich nach der Schule die mühsame Arbeit fortsetzte. Vereinzelt fand er ein paar Bucheckern, die den Hunger kaum stillten und, weil er sie verbotenerweise aß, Unruhe aufkommen ließen. Doch so konnte Osta seine Fragen sortieren. Wer ist dieser Winfried? Waren sie nicht Gleichaltrige? Warum konnte dieser Winfried zur Schule gehen, wann er wollte? Warum bekam er gute Noten, wenngleich er die Anforderungen gar nicht verstand? Und was waren das für weiße Päckchen, die er da immer wieder zur Schule brachte und vor den Mitschülern verbarg? Wohin nur verschwanden diese Päckchen? Fragen über Fragen. Aber Osta wusste auch, er würde sie mit niemand teilen können. Oder noch nicht? Während er auf den Bucheckern kaute, drängten weitere Fragen. Wo etwa war der Vater von Winfried? Der alte Lorch konnte es doch kaum sein. Und warum schien es Osta, dass auch dieser Winfried etwas verbarg? Hatten sich die beiden, Osta und Winfried etwas zu sagen?

Irgendwann fand Osta einen Anlass, sich Zugang zu Winfried zu verschaffen. Sie trafen sich auf dem Rückweg von den Öltürmen. Winfried spielte wieder den überlegenen Aufseher. Doch inzwischen hatte er eine für Osta spürbare Verhaltenheit angenommen. Ob Winfried Kontakt suchte? Während des gemeinsamen Weges, bei dem Osta die Pferde führte, wagte er, Winfried nach der Schule zu fragen. Beinahe brüskiert schilderte der Bauernjunge in knappen Worten sein Desinteresse. Er habe doch die gesamte zurückliegende Zeit den Fremden auf dem Hof beibringen müssen, was Arbeit sei. So könne er doch jetzt nicht seine Zeit auf einer Schulbank absitzen. Darauf erwiderte Osta, indem er Winfrieds Namen etwas Zutrauliches verlieh, er könne Win beim Lernen unterstützen. Doch das zusammen konnte Winfried nicht zulassen. Oder noch nicht?

Einige Tage später, inzwischen war es tiefer Winter, stürzte im Morgengrauen eines der für die Ölverladung bestimmten Pferde. Es konnte nicht mehr auf die Beine kommen. Erschrocken lief Osta davon. Verängstigt, frierend und hungrig gelang es ihm nicht, das aus ihm herausdrängende Weinen einzudämmen. Um nicht als schwach zu gelten, versteckte er sich am Tag, hielt sich entfernt von der Schule und von der Arbeit, die ihm doch etwas Essbares brachte. Jetzt war die Angst bestimmend.

Als er am späten Abend ins Lager schlich, erwartete ihn die besorgte Mutter. Eines der Pferde, die die Ölverladung absicherten, sei gestürzt und habe sich dabei zwei Beine gebrochen. Der wütende Lorch wäre, nachdem ein Ölarbeiter ihn die Situation mitteilte, zur Unfallstelle gestürzt und hätte das Tier sofort mit mehreren Schüssen getötet, während er brüllend Osta vor den schweigenden Ölarbeitern beschuldigte. Danach wäre der Alte wie wild zwischen den Ölfeldern, im Lager und auf seinem Hof herumgegeistert. Jeder wusste, er würde den Jungen suchen. Nun also, so die ernste Mutter, müsse Osta in der Frühe zum Bauern gehen und den Unfall klären.

Wie immer war der alte Lorch schon auf den Beinen. Als sich Osta ihm näherte, stürzte dieser sich auf den schmalen Jungen und schlug ihm ins Gesicht. Taumelnd wich Osta zurück, doch spürte er weitere Schläge. Laut keifend donnerten Beschimpfungen aus dem aufgerissenen Mund des Wüterichs. Er, er sei es, der seit Jahren für das Fressen dieser unfähigen Fremdlinge aus dem Osten sorgen würde. Er sei es, der sich um diese Ostpolacken kümmere, die doch nur herumzigeunern und kränkeln würden. Er habe sie nicht gerufen, diese arbeitsscheuen Schwächlinge! Und hatte er nicht schon all die zurückliegenden Jahre die Soldaten, bitteschön die deutschen Soldaten versorgt, um dafür jetzt fremdsprachige Soldaten aushalten zu müssen, die in seine Gegend immer neue unverständliche Deutschmäuler heranschleppten? Die würden hier nur die Not hereinschleppen. Wenigstens aber war ihm ein für die Arbeit fähiger Enkel gegönnt, doch den würden sie in diese unnütze Schule verpflichten. Längst hätte er Winfried manches beigebracht. Stattdessen müsse er den Jungen wegen der diebischen Fremden als Aufseher des Hofes einsetzen. So aber könne er ihm über den Hof kaum etwas erklären. Deshalb müsse jetzt endlich sein Sohn heimkehren. Warum nur drängten sich diese Fremdlinge hier herum, während sein Sohn nichts von sich hören ließ. Und das schon seit über einem Jahr! So viele waren inzwischen angeschwemmt, alles Fremde, aber seinen Sohn, den brachten sie ihm nicht!

Still weinend und am ganzen Körper Schmerz spürend, am Kopf eine dumpf tuckernde, blutige Wunde bemerkend, so schleppte sich Osta vom Hof. Die beiden Frauen des Hofes standen starr und schweigsam bei der eingefrorenen Wasserpumpe. Die Äste der nackten Kastanie warfen einen Schatten über ihre blassen Gesichter.

Win, der vom Lärm wach geworden war, stand schweigsam hinterm Fenster. Er selbst schien nicht zu bemerken, dass sein Blick Osta folgte. Plötzlich lief er Osta nach und steckte ihm eines dieser weißen Päckchen zu. Dann lief er davon. Später fand Osta darin Speck, Brot, Kartoffeln.

Am Vormittag wurde Win ziellos herumlaufend am Waldrand gesehen. Stunden danach folgte er den verschneiten Furchen der Äcker nahe der Turmgerüste. Auf halbem Wege, so wurde berichtet, entschied er sich, nein, änderte er seine Ziellosigkeit, als hätte er einen Entschluss gefasst.

In der eisigen Frühe des darauf folgenden Tages wurde der alte Lorch aufgefunden. Noch lebte er.

Mittelweser

Im Schatten des Löwen

Oliver Quick

Auf dem nackten Leib der Frau zeichnete sich der Tod ab. Ihr Körper selbst war makellos, soweit Aaron dies im Mondschein sehen konnte. Ihre Brüste hoben sich deutlich von der zierlichen Gestalt ab. Das Licht des Mondes, welches ihrer milchigen Haut einen unwirklichen Schimmer verlieh, ließ ihre dunklen Haare und ihre Scham pechschwarz erscheinen. In ihrer blanken Weiblichkeit erschien sie Aaron wie die erste Frau der Welt.

Doch nicht nur das fahle Licht hinderte ihn daran Genaueres zu erkennen. Die Gestalt baumelte einige Meter von ihm entfernt in der Höhe. Ihre Gliedmaßen hingen schlaf hinunter und wurden nur von dem dicken Seil gehalten, dass fest um den Hals der Frau geschlungen war. Das andere Ende des Seils war um eine Zinne einer verwahrlosten Burg geschwungen worden. Stellenweise bedeckte Blattwerk die Mauern. Doch die Nacht, die Entfernung und die verwilderte Landschaft störten Aaron im Moment nicht. Sehr wohl aber die Schwertspitze, die auf seinen Kopf zielte.

»Keinen Schritt weiter, Mönch«, ertönte eine heisere, raue Stimme. Der befehlsgewohnte Ton duldete keinen Widerspruch. Mit Mühe zwang Aaron sich dazu, seine Augen auf den Mann am anderen Ende des Schwertes zu lenken. Der Kämpfer hatte auf seinen Kettenpanzer verzichtet und stattdessen ein dickes Wams und einen Umhang gewählt, der ihn gegen die Kälte und den Januarschnee schützen sollte. Das auf dem Mantel in Brusthöhe eingestickte Wappen bestand aus drei fünfblättrigen Rosen. Jedem Kundigen verriet dies, dass es sich bei dem Träger um ein Mitglied des Grafenhauses derer von Hallermund handelte. Aaron hätte diesen Hinweis jedoch nicht benötigt. Das Gesicht des Mannes war jedem in der ehemaligen Grafschaft Loccum bekannt.

Vor fünf Jahren hatte der alte Graf Wilbrand von Hallermund die Burg des Geschlechts der Lucca und das umliegende Land mit allem, was sich darauf befand, der Aufsicht der Zisterziensermönche unterstellt, damit sie hier ein Kloster gründen konnten. Erst vor wenigen Monaten war der Graf gestorben. Nun bewohnte seine sterbliche Hülle die verlassene Burg, in deren Schatten sie standen. Die einstige Zufluchtsstätte war zu einer Wohnstätte der Toten aus der gräflichen Familie geworden. Doch das Geschlecht war keineswegs ausgestorben. Einer seiner Söhne, der wie der alte Graf ebenfalls Wilbrand gerufen wurde, stand eine Schwertlänge entfernt von Aaron und blickte ihn aus wilden Augen an.

Aaron und einige seiner *Zisterziensischen* Brüder waren der Spur des Grafensohnes gefolgt, der mitten in der Nacht aus dem Koster verschwunden war. Auf Bitten der Mönche hatte sie eine Handvoll Bewohner begleitet, die sich in der Gegend auskannten. Denn auch wenn die Spuren auf dem Schnee selbst für das ungeübte Auge offenkundig waren, liefen sie doch durch eine unberührte Wald- und Moorlandschaft, in der ein Fremder sich leicht verirren konnte. Dies traf allerdings nicht auf das direkte Gebiet des Klosters zu, wenn man es denn Kloster nennen wollte, was die Mönche in fünf Jahren aufgebaut hatten. Ihr Abt hatte in weiser Voraussicht die Nähe zu dem bereits bestehenden Dorf gesucht und das Kloster in direkter Nachbarschaft angelegt, anstatt der einsamen Burg den Vorzug zu geben. Das Ideal des Ordens verlangte zwar, die Einsamkeit am Rande der bisher urbar gemachten Welt zu suchen, doch so konnten sich die Mönche besser um das Seelenheil der Bewohner kümmern.

Aaron wünschte sich, sein Abt wäre nun auch zugegen oder wenigstens in dem lediglich eine halbe Stunde entfernten Kloster. Doch leider weilte das Oberhaupt der Schar Mönche derzeit bei ihrem Bischof Werner von Minden, um der anstehenden Hochzeit zwischen dem Herrn Heinrich, welchen alle Welt den »Löwen« nannte, und Mathilde Plantagenêt, der Tochter des englischen Königs, beizuwohnen. Streng genommen besaßen die Mönche keinen Bischof. Allerdings hatte Werner von Minden seinerzeit die Schenkung des Grafen den Zisterziensern vermittelt, so dass er zu ihrem ersten Ansprechpartner wurde, der dem Kloster gewisse bindende Vorschläge machte. Und für Vorschläge wäre Aaron derzeit äußerst dankbar gewesen.

Er und seine Brüder hatten befürchtet, Wilbrand im Fieberwahn vorzufinden, da sich keiner erklären konnte, was den Mann zu einer Zeit, in der der Winter die Schöpfung Gottes noch fest in seinem Griff hatte, nach Mitternacht in die Wildnis trieb. Jetzt wussten sie um sein grausames Vorhaben. Mit dem Schwert in der Faust versuchte er, ihnen den Blick auf sein Werk zu nehmen. »Er opfert den alten Göttern mit Blut«, hörte Aaron jemanden hinter sich raunen. »Verdammter Wendenbastard! Um nichts besser als seine heidnischen Vorfahren.«

Wilbrand wurde zornesrot, während er das wuchtige Schwert noch ein Stück näher in Richtung Aaron streckte, obwohl er diesmal offenkundig eher die Menge einschüchtern wollte: »Verschwindet, ihr verdammten Bauern!« Voller Entrüstung schrie er der Menge entgegen: »Ich war das nicht!« Keiner glaubte ihm. Die Dörfler kannten den Sohn ihres ehemaligen Landesherrn zu gut. Sogar die Mönche wussten, dass ihre

Schutzbefohlenen Töchter und Ehefrauen im Haus ließen, wenn der Grafensohn in der Nähe war.

»Ihr verdammten Hunde«, setzte Wilbrand von neuem an, »schert euch sonst wohin, aber lasst mich in Frieden. Es kümmert mich nicht, was ihr denkt, doch ich habe der da nichts getan.« Er deutete mit dem Schwert auf die baumelnde Tote. »Los, packt ihn!«, rief einer der Männer, doch eine schneidende Stimme hielt sie zurück.

Eine Frau ritt heran. Ihrem hübschen, vollen Mund sah man an, dass sie gern lachte. Doch für den Augenblick war alle Heiterkeit aus ihrem Gesicht verschwunden. Trotz der Dunkelheit und all der Jahre die es her war, dass Aaron sie zuletzt gesehen hatte, erkannte er sie auf Anhieb: Katharina. Bei ihrer letzten Begegnung waren sie beide keine 16 Sommer alt und obendrein miteinander verlobt gewesen. Es war in gegenseitiger Verschwiegenheit geschehen und niemand außer ihnen hatte davon gewusst.

Wie fast jeder Zisterzienser-Mönch, hatte auch Aaron eine Vergangenheit, da sein Orden nur Erwachsene in seine Reihen aufnahm. Eines Tages brach er in einen Krieg auf, vollends überzeugt, dass ihm mit dem Schwert in der Hand die Welt gehörte. Er irrte sich und verlor einen Arm für seine Torheit. Seitdem war sein Verstand zu seinem Schwert geworden. Trotz aller Schicksalsschläge hatte Aaron seinen Lebensweg nie bedauert, da er schließlich den Weg in den Orden und seinen Platz in der Welt gefunden hatte. Einzig sie verloren zu haben bereute er. Dies wurde ihm bei ihrem unerwarteten Anblick schmerzlich bewusst.

Bruder Wolfram hielt die Menge mit hoch erhobenen Armen zurück. Für ihn war es selbstverständlich, dass sie ihm gehorchte. Dann wandte er sich an die Reiterin als wäre sie lediglich eine Bittstellerin im Kloster, die unerlaubt das Wort an ihn gerichtet hatte: »Und wer seid ihr?« Ihre Antwort kam prompt und klang so gefährlich, als ob jemand Eisen über Strahl schleifen würde: »Seine Gemahlin.« Die Worte versetzten Aarons Herz einen erneuten Stich. Sie wandte sich an ihren Gatten. Ihre Stimme klang nun sanfter: »Will, leg dein Schwert nieder. Es wird alles wieder gut.« Wilbrand schüttelte trotzig den Kopf: »Ich habe sie nicht umgebracht.« Katharina nickte bestimmt: »Ich glaube dir, aber du musst dein Schwert niederlegen bevor du jemanden tötest. Der wahre Schuldige wird gefunden werden. Vertraue mir.« Dann fiel ihr Blick auf Aaron: »Nicht wahr?«

* * *

Nachdem Katharina die wilde Bestie besänftigt hatte, waren die Mönche und Dorfbewohner herangeeilt und hatten Wilbrand von Hallermund in Gewahrsam genommen. Trotz Katharinas beschwichtigenden Worten sah es nicht gut aus für ihn. Er war im Grunde auf frischer Tat ertappt worden. Weder ein Reinigungseid, mit dem er beschwören konnte, dass er es nicht gewesen war, noch sein Wort als angesehener Adeliger würden ihm jetzt noch helfen. Wilbrand wusste um seine Lage, doch er vertraute seiner Frau. Und sie vertraute Aaron. Genauer gesagt, seinen Fähigkeiten.

All die Jahre hatte Aaron nichts von ihr gehört, aber sie hatte ihn auf Schritt und Tritt beobachtet. Er knirschte mit den Zähnen. Gottes Wege waren wahrlich sonderbar. »Du hast dem Bischof vor einigen Jahren bereits im Fall von Heinrich von Arnsberg geholfen. Und du kannst meinem Mann helfen.« Sie befanden sich auf dem Rückweg zum Kloster. Katharina hatte das Pferd neben ihn gelenkt und sprach leise, doch bestimmt auf Aaron ein. Noch hatte niemand bemerkt, dass sie sich von früher kannten und Aaron war dankbar dafür. Dennoch schüttelte er den Kopf: »Das war er ganz alleine. Seine Soldaten und die vom Herrn Heinrich stellten den Grafen.«

Aaron gab sich Mühe, für die Umstehenden die Mine eines Mönchs aufrecht zu erhalten, der sich lediglich um die aufgebrachte Frau eines zum Tode geweihten Mannes kümmerte. »Heinrich hat seinen Bruder ermordet. Niemand wäre je dahinter gekommen, wenn du nicht gewesen wärst und wage nicht, es zu leugnen. Ich frage dich, wie viele einarmige Mönche, die auf deinen Namen hören, du sonst noch kennst? Ich weiß von einem Dutzend Fällen, die du für die Kirche untersucht hast.« »Es ergab sich so und sei versichert, dass meine Oberen nicht darüber erfreut sind, wie ich dabei vorgehe und mich eindringlich ermahnen, mich auf Gott zu besinnen. Dies solltest du übrigens auch tun. Es sieht nicht gut für deinen Mann aus.« Dann geschah etwas, mit dem Aaron nicht gerechnet hatte: »Bitte.« Alle Schärfe war aus ihrer Stimme gewichen. Katharina sah ihn an, als stünde weder die Zeit noch das Leben zwischen ihnen. Aaron seufzte: »Ich werde mit meinen Brüdern reden. Doch versprechen kann ich Dir nichts.« Katharina lächelte erleichtert: »Danke. Ich weiß, dass du es schaffen kannst.«

* * *

Das Nachtgebet, welches die Mönche auch als Vigil bezeichneten, war zu Ende. Es hatte diesmal um einiges länger gedauert, was weniger an den üblichen Lobpreisungen des Herrn als an den Fragen der Mönche lag, die ein rechtes Besinnen erschwerten. Bruder Berthold hatte es irgendwann nicht mehr ausgehalten und sehr zum Missfallen von Bruder Wilhelm die Lobgesänge unterbrochen. Andere Brüder verloren daraufhin bald auch ihre zurückhaltende Art, so dass die würdige Zusammenkunft mehr einem Markttag glich.

Ihr Kloster wurde lediglich von einem Abt und zwölf Mönchen bewohnt. Einen Prior oder andere Ämter hatten sie bisher nicht besetzt, da dies in den letzten fünf Jahren nicht notwendig gewesen war. Sie lebten in der Gemeinschaft und fassten auch ihre Beschlüsse zusammen. Zwar mangelte es ihnen nun an einem direkten Oberhaupt, wenn der Abt beim Bischof weilte, doch stellte die Gemeinschaft immer noch die Basis all ihres Denkens dar.

Dies war jedenfalls bisher so gewesen – bevor Bruder Adelbert Bruder Volkmar einen Esel genannt hatte, da dieser vorschlug, dass man den Fall des Grafensohns an ihr Mutterkloster weitertragen sollte. Viel zu lange würde es dauern, bis *man* Antwort erhalten würde, meinte Bruder Adelbert, der sich lieber an den Bischof wenden wollte. Bruder Dietmar gab zu bedenken, dass die Dorfbewohner spätestens mittags allesamt Bescheid wüssten und sie eventuell sogar mit einem aufgebrachten Mob rechnen mussten. Besser wäre es da doch, den Schuldigen schnellstmöglich los zu werden.

Nur an wen und wohin? Es gab sogar den Vorschlag Wilbrand einfach an den Vater der Toten auszuhändigen. Und was war mit den Brüdern des Grafensohns? Würden sie kommen und das Kloster niederbrennen, um ihren Bruder zu befreien oder waren sie froh, wenn ein Miterbe verschwand? Einige der Mönche waren tatsächlich darüber erfreut, sich Wilbrand entledigen zu können, da er sich offen gegen die Schenkung seines Vaters ausgesprochen hatte, nachdem dieser verstorben war. Es war bekannt, dass er das Land zurück wollte und von einer List der Mönche sprach. Das war natürlich ausgemachter Unsinn, wie Aaron befand, auch wenn die Mönche selbstverständlich für das Seelengedächtnis ihres Stifters beteten.

Doch wie man es drehte und wendete, so waren sich die Mönche allesamt uneins, was nun zu tun sei. Wieder einmal war es Bruder Wolfram, der die Ruhe in der Gemeinschaft herstellte. Niemand sprach das Wort Prior aus, doch sie ergaben sich stillschweigend der Führung von Bruder Wolfram. Und sie waren dankbar, dass dort jemand war, der ihnen die Verantwortung von den Schultern nahm. Bruder

Wolfram entschied, dass Wilbrand von Hallermund, Sohn des alten Grafen, nach dem Morgenlob der weltlichen Jurisdiktion übergeben und aus Loccum fortgeschafft werden sollte. Dies beruhigte die Angst der Mönche. Das Kloster stand ständig in Gefahr zum Spielball von politischen Interessen zu werden. Und keiner der Brüder hatte das Bedürfnis sich aus dem Schutz des Bischofs und des Herrn Heinrich herauszubewegen. Doch abhängig machen wollten sie sich auch nicht.

Aaron blieb nicht viel Zeit, um die mögliche Unschuld von Katharinas Gatten zu beweisen. Es wäre jedoch unklug gewesen, jetzt noch gegen Bruder Wolframs Entschluss zu sprechen oder gar den Mönchen zu offenbaren, dass Katharina ihn beauftragt hatte. Er war froh, dass die Brüder nicht viel von seiner Vergangenheit wussten.

* * *

Die Zornesröte stieg Bruder Wilhelm ins Gesicht: »Ihr wünscht die Tote zu untersuchen? Das ist gotteslästerlich! Bereits der heilige Augustinus sah in den irdischen Überresten des Leibes ein unantastbares Gut. Zu Recht verteufelte er die Öffnung des Leibes.« Sämtliche Mönche, die sich im Klosterkapitel eingefunden hatten, blickten nun auf Aaron. Dieser hob beschwichtigend die Hände. »Ihr dürft unbesorgt sein, Bruder. Eine äußere Körperschau wird vollkommen genügen. Seid versichert, sie verletzt keine unserer Glaubensregel.«

Bruder Eberwin, der wie stets in den nächtlichen Stunden mit dem Schlaf rang und daher nicht recht zugehört hatte, fragte zögerlich: »Welchem Zweck dient sie genau?« Aaron lächelte milde: »Der Wahrheitsfindung.« Bruder Wolfram nickte: »Ich weiß zwar nicht, was dies bezwecken soll, da der Fall für jedermann klar vor Augen liegt, doch wenn Euch so viel daran liegt, dann unterzieh die Tote einer äußeren Betrachtung.«

Bruder Wilhelm wollte bereits erneut zum Protest ansetzen und so fuhr Wolfram fort: »Und Bruder Wilhelm soll euch dabei zur Seite stehen. Schließlich handelt es sich bei der Toten, um eine Tochter Evas. Genießen wir auch als Mönche mehr als alle anderen Menschen den Schutz des Herrn vor den niederen Verlockungen, so werden euch Bruder Wilhelms Tugenden sicherlich unterstützen können, Bruder Aaron.« Aaron senkte das Haupt und hoffte, dass seine Antwort demütig genug klang: »Gewiss, Bruder.«

* * *

Aaron stand in den nächtlichen Schatten der alten Burg. Bald schon würde die Sonne die Dunkelheit vertreiben. Damit wäre Wilbrands Ende besiegelt. Er war ein solcher Dummkopf gewesen. Dabei waren die Zeichen eindeutig. Sie war eine Kindfrau: Weiblich, wie es nur eine Frau sein konnte, und doch kindlich. Wahrscheinlich war sie wie die junge Prinzessin Mathilde, welche den Löwen in einigen Tagen heiraten würde, um die zwölf Jahre alt. Sie musste schon seit einiger Zeit in der verlassenen und abgelegenen Luccaburg gefangen gehalten und missbraucht worden sein. Wieder und wieder. Jemand hatte sie über all die Zeit versorgt und vor der Welt vorborgen.

Doch ihr Leib war mit den Jahren fruchtbar geworden, so dass etwas in ihr herangewachsen war. Katharina hatte ihm gestanden, dass der Samen ihres Gemahls so etwas nicht vermocht hätte. Dieses peinliche Geständnis hätte jedoch vor seinen Brüdern keinen Bestand gehabt. Doch das musste es auch nicht. Seine Untersuchungen hatten ergeben, dass das Mädchen bereits tot gewesen war, als es aufgeknüpft wurde. Das dicke Seil, welches um ihren Hals hing, sollte nur darüber hinweg täuschen, dass bereits vorher Hand an sie gelegt wurde. Mit einem dünneren Seil.

Warum hätte der kräftige Wilbrand so vorgehen sollen? Und wieso sollte er mindestens ein, zwei Stunden lang gewartet haben, um sie dann aufzuhängen? Dies war unmöglich, da er erst nach dem wahrscheinlichen Todeszeitpunkt des Mädchens aus dem Kloster verschwand. Es ergab keinen Sinn, bis Aaron etwas auffiel. Die Druckstellen des dünneren Seils mit dem der Kindfrau der Lebensodem abgeschnitten worden war, konnten von der Kordel eines Mönches stammen.

Aaron hörte Schritte hinter seinem Rücken: »Ihr habt meinen Hinweis also erhalten.« Aaron musste sich nicht umdrehen, um zu sehen, dass der Andere nickte. Wie viele Schritte befand er sich noch hinter ihm? Fünf? Vielleicht drei? »Ich frage euch, war sie es wirklich wert? Hattet ihr solche Angst vor dem Sohn des Grafen oder wolltet ihr euch nur die anderen sowie die Dorfbewohner gefügig machen?«

Die Antwort des Mannes klang entspannt: »Sie war es wert, Bruder. Sie war mein reines Gefäß, bis sie sich selbst verunstaltete, indem sie schwanger wurde.« In der Stimme schwang Ekel mit. »Da kam mir dieser aufgeblasene Wichtigtuer Wilbrand nur Recht. Ihn zu bestrafen, wird die letzten Reste ihres Aberglaubens und heidnischen Ungehorsams gegenüber dem Kloster vernichten. Es ist an der Zeit, dass wir aus dem Schatten des Löwen treten, der über diese Länder herrscht. Die Schafe brauchen einen Schäfer, der sie wahrhaft führt.«

Nun drehte sich Aaron um: »Und das wollt ihr sein, Wolfram? Ihr seid kein Schäfer, sondern ein Wolf unter Lämmern und man wird euch dem Löwen übergeben, der euch in Stücke reißt. Denn ihr seid krank und habt euch gegen Gott versündigt. Betet, dass der Bischof ein gutes Wort für euch beim Herrn Heinrich einlegt.« Er sah auf den Dolch in Wolframs Hand. »Legt eure Waffe ab und kehrt um. Findet zu Gott zurück.« Wolfram schnaubte: »Es gibt kein zurück. Vor allem nicht für dich, Bruder. Du wirst hier allein in der Burg sterben.« Wolfram hob den Dolch, der matt im letzten Licht des Mondes schimmerte, und trat bedrohlich auf Aaron zu. »Da irrt ihr euch.« Katharina trat aus dem Schatten einer Wandnische. Hinter ihr standen einige Dorfbewohner, die ihre Waffen erhoben hatten. »Das Spiel ist aus.«

Hannover

Schwitters' Brief

Jessica Stegemann

Gustav von Eisenberg saß am Schreibtisch und dachte über die Ampelanlage seiner Modeleisenbahn nach. In vier Monaten, drei Tagen und acht Stunden würde ihm der Bürgermeister von Gehrsten die Hand schütteln, nachdem dieser in einer huldvollen Rede seine Verdienste als ehrenamtlicher Leiter des örtlichen Heimatmuseums der letzten 33 Jahren gewürdigt hatte. Es war Zeit, sich endgültig aus dem öffentlichen Leben zurückzuziehen. Darauf hatte auch Hildegard gedrängt. Und dann würde sich Gustav von Eisenberg ausschließlich seiner Modelleisenbahn widmen. Langsam drehte er das DIN-A-4 Blatt in seiner rechten Hand. Er erkannte in den großen, einzeln aufgeklebten Buchstaben die Hannoversche Allgemeine, die er jeden Morgen ausgiebig las.

25 000 Euro. Sonst Schwitters-Brief zerstört. Morgen früh. 10.00 Uhr. An Kolbes Menschenpaar. Maschsee. Hannover. Keine Polizei. Sonst Presse.

Gustav von Eisenberg drückte eine Handfläche gegen seinen sich verkrampfenden Magen. Er konnte Stress nicht ertragen und einen Skandal nicht gebrauchen – vier Monate, drei Tage und acht Stunden vor seiner Pensionierung. Er hatte sein Ruhegehalt als Lehrer. Und dazu noch Geld zur Seite gelegt. Das würde ausreichen für die neue Ampelanlage, dazu die Modelldampflokomotive Harz BR 99 5906, die er schon bestellt hatte, zusätzlich sechs Waggons, und noch die Materialien für die Tunnelstrecke durch den Beuther Berg, alles maßstabsgetreu – und als Krönung der Nachbau des historischen Bahnhofs von Gehrsten aus dem Jahr 1903.

Von dem, was dann noch übrig blieb, würde er eine Reise mit der transsibirischen Eisenbahn machen. An seiner Seite wäre dann Hildegard. Er wischte sich den Schweiß nachlässig von der Stirn, faltete den Brief zusammen und schob ihn in die Schublade seines Schreibtischs.

Vor seiner Bürotür stieß er beinahe mit Irmi Meyer zusammen, die ihm aufgeregt eine kleine Broschüre entgegenstreckte. Auf dem Titelblatt prangte das Prachtstück der Jubiläumsausstellung zum 100-jährigen Bestehen des Gehrstener Heimatmuseums: Ein Faksimile. Kurt Schwitters Brief an seine Mutter Henriette, geschrieben während einer Wanderung auf den Hannoveraner Anhöhen im Sommer 1907. Akribisch hatte Gustav von Eisenberg die spärlichen Fakten dieses Ausflugs zusammengetragen und immer wieder neu analysiert. Dann aber war er sich sicher: Kurt Schwitters musste in Gehrsten eine Pause eingelegt haben. Ein starkes Gewitter zwang ihn zur Einkehr in einem kleinen Gasthof, dessen Aussicht auf einen alten Baum Schwitters lyrische Erfindungsgabe reizte. Auch wenn Schwitters den Ort der Einkehr nicht direkt benannte, war es in den Augen Gustav von Eisenbergs mehr als wahrscheinlich, dass der noch junge Künstler von der Linde vor dem damals noch existierenden Bahnhofs-Cafe schwärmte. Erst letztes Jahr war der Brief in einem alten Kochbuch auf dem Dachboden einer verstorbenen Hannoveraner Industriellengattin gefunden worden. Nur ungern dachte Gustav von Eisenberg an die zähen Verhandlungen mit den Erben wegen einer Leihgabe zurück. Der heutige Besitzer des Briefs war eine angesehene Hannoveraner Persönlichkeit, als Sammler und Mäzen gleichermaßen geschätzt wie gefürchtet. Und das ließ er den Direktor des kleinen Museums auch spüren, ehe er sich zu der Leihgabe herabließ.

Gustav von Eisenberg starrte die enthusiastisch lächelnde, unablässig mit der Broschüre wedelnde Irmi Meyer an. Sie war seine rechte Hand, die in freien Minuten liebevoll die Vitrinen des Museums abwischte und einmal in der Woche den Holzfußboden wienerte. Von Zeit zu Zeit führte sie auch dünn besetzte Gruppen von Landfrauen und Wandertags-Schülern durch die vier kleinen Ausstellungsräume. »Frau Meyer, ich kann jetzt nicht«, fuhr Gustav von Eisenberg die gute Seele des Hauses an und fügte, seinen rauen Ton sofort bereuend, leise hinzu: »Der Katalog ist sicher schön geworden. Ich muss nach Hause. Habe was vergessen.« Ohne sie noch einmal anzusehen, schob er sich an ihr vorbei, ging zum Parkplatz hinaus und stieg in sein Auto. Sicher würde es heute noch regnen, und genauso sicher würde Hildegards Schmuck beim Pfandleiher nicht viel hergeben. Wütend trat er das Gaspedal durch. 25 000 Euro. Für wen hielten ihn diese verdammten Erpresser? Vielleicht doch nur ein Scherz.

Gustav von Eisenberg wusste es besser: Gleich nachdem er das Kuvert am Morgen geöffnet hatte, war er hektisch zu dem kleinen Tresor an der Wand seines Büros gelaufen. Um festzustellen, dass er leer war. Der Brief war nicht da. Hildegard auch nicht, wie er beim Betreten seines Hauses nun sah. Ihre Schuhe standen nicht unter dem großen Spiegel, und ihre Schlüssel lagen nicht in der Schale auf dem kleinen Abstelltisch. Ach ja, sie war zu einer Freundin nach Hamburg gefahren und würde vor morgen nicht zurückkommen. Besser so, dachte er, ich werde ihr die Sache erklären, wenn alles wieder so ist, wie es sein soll.

Als er das Wohnzimmer betrat, blickte er auf die Einrichtung, als sähe er das alles heute zum ersten Mal. In diesem Haus führte Hildegard das uneingeschränkte Regiment.

Schon immer. Er wusste eigentlich nur, wo die Kaffeetassen standen. Wo sollte er nur mit der Suche nach Tante Olgas Perlenkette beginnen? Die aufziehenden Wolken über der Terrasse verdunkelten den Raum, doch Licht zu machen, kam für den Hausherrn, der sich wie ein Einbrecher vorkam, nicht in Frage.

Er beschloss die Suche oben im Schlafzimmer zu beginnen und schlich die Treppe nach oben. Die Tagesdecke war straff über das Doppelbett gespannt, in dem eigentlich nur er schlief. Wann hatte Hildegard damit begonnen, im ehemaligen Kinderzimmer der Jungs zu schlafen? Hildegard und er kamen gut miteinander aus. Sie hatten sich feste Regeln auferlegt und hielten sich daran. Vielleicht bewahrte sie die Kette, an der sie so hing, im Zimmer der Jungs auf. Die Perlen waren schneeweiß und gleichmäßig: ohne Abweichung zwillingshaft aufgereiht. Das Zimmer hatte sich, seit ihre beiden inzwischen erwachsenen Kinder vor neun Jahren dem Elternhaus entflohen waren, kaum verändert. Zwei Basketballposter von Justus hingen vergilbt und erschlafft an der einen Wand und warfen vorwurfsvolle Schatten auf Tims veralteten, riesig wirkenden Computerbildschirm an der anderen Wand.

Gustav von Eisenberg nahm sich zuerst die Schreibtischschubladen vor, dann den Schrank und die Kiste unter dem Bett von Justus, das jetzt Hildegards war. Von dort ging er ins Schlafzimmer und setzte die Suche dort fort. Anfangs noch ruhig, dann immer hektischer werdend, wühlte er schließlich panisch in der sorgsam gefalteten Unterwäsche seiner Frau. Eigentlich wusste er nur wenig über ihren Alltag. Diese Kleidungsstücke gehörten einer Fremden, deren wertvollen Schmuck er nicht finden würde.

Ermattet stieg er die Treppen ins Wohnzimmer hinunter und ließ sich auf das Sofa fallen. Er fühlte sich müde und spürte erneut, wie sich sein Magen zusammenzog. Er griff nach einem Sofakissen und drückte es gegen seinen Bauch. Die Umarmung des Kissens beruhigte ihn für einen Moment. Eingelullt in eine träge Müdigkeit versuchte er sich einzureden, dass alles nur halb so schlimm sei. Sollten sie doch den albernen, vollkommen überschätzten Fetzen Papier eines spätpubertierenden Jüngelchens an seine Mama zerstören. Sollten sie doch in die Welt hinausposaunen, dass er, Gustave von Eisenberg, verdienstvoller Heimathistoriker, der immer nur das Beste für Gehrsten wollte, den gönnerhaften Kotzbrocken belogen hatte. Wie sollte bewiesen werden, dass das Schloss des Tresors schon seit Jahren kaputt war. Wer hatte denn dafür einen Beweis? Wer denn?

Verzweiflung stieg in ihm auf. Das darf nicht geschehen, dachte er, ich muss das Geld beschaffen oder wenigstens einen Teil davon. Damit müssen sie sich zufrieden geben, damit werden sie sich zufrieden geben. Er würde sich Geld leihen, dachte er und ging in Gedanken die Reihen seiner Freunde durch. Aber Gustav von Eisenberg hatte keine Freunde, die ihm Geld leihen konnten. Er hatte eigentlich überhaupt keine Freunde.

Alles, was er brauchte, war Hildegard. Nachdem er sich ein Glas Cognac aus der Vitrine genommen hatte, ging er zur Terrassentür und ließ seinen Blick durch den Garten wandern. An seinem 60. Geburtstag hatten hier 30 Stehtische gestanden. Es wurde gegrillt und getrunken und die Nachbarn nagelten einen Kranz an die Tür. Hildegard kaufte sich ein neues Kleid, in einer aufdringlich roten Farbe und am Nachmittag hatte es Streit gegeben, weil Tim angeblich seinen Flug aus London verpasst hatte und Hildegard ihn in Schutz nehmen musste. Justus lachte verächtlich und trank um drei Uhr nachmittags schon Bier. Die Bilder des Abends schlängelten sich wie auf einer Perlenschnur gezogen durch seine Erinnerung.

Angewidert hatte er damals feststellen müssen, dass er die meisten Leute auf diesem Fest noch nie in seinem Leben gesehen hatte. Ihm kam es vor, als hätte Hildegard die halbe Gemeinde eingeladen. Nachkommen alteingesessener Familien, die ihm höhnisch zuprosteten, während er durch den Parcour aus Stehtischen schritt und die Ausgaben dieses Festes überschlug. Irgendwann hatte er begonnen jedes auf ihn erhobene Glas zu erwidern und in einem Zug auszutrinken. Bis er schließlich in einer ruhigeren Ecke seines eigenen Gartens angekommen war. Dort hatte das Gespräch mit Michael begonnen, der ein Bekannter eines archäologiebesessenen Nachbarn war. Ja, dachte Gustav von Eisenberg nun, dieser Michael hatte ihm wirklich zugehört. Mit jedem Glas Bier hatte Gustav von Eisenberg verächtlicher von den Schmarotzern gesprochen, die sich hier auf seine Kosten amüsierten und nicht den blassesten Schimmer von den Entdeckungen hatten, die er im Keller des Museums über die ach so rechtschaffenden Einwohner gemacht hatte.

Sofort nach seinem Amtsantritt hatte Gustav von Eisenberg begonnen aufzuräumen, verstaubte Kisten zu entsorgen, die braune Vergangenheit unterzugraben. Er träumte die Vision eines unbefleckten Neuanfangs der Geschichte seines Heimatdorfs, in das er zurückgekehrt war, um den Aufstieg in der Zeit des Wirtschaftswunders kulturpolitisch zu prägen. Und weil er damals glaubte, dass es richtig sei, über die Verwirrungen der Väter das Leichentuch des Schweigens zu decken, hatte er das im Keller des Museums versteckte Sammelsurium nationalsozialistischer Begeisterung dem Altpapiercontainer überlassen, Parteiabzeichen und Naziflaggen eigenhändig auf der Mülldeponie verscharrt.

Nur, was ihm als Kunst erschien, hatte er behalten. Es waren ein paar kleine Ölgemälde mit Ansichten des Hannoveraner Umlandes, Haushaltsgegenstände aus Silber, Schmuckstücke aus Gold. Gustav von Eisenberg forschte nicht nach der Herkunft dieser vermutlich aus jüdischem Besitz stammenden Stücke, die in keiner Inventarliste zu finden waren und nach denen niemand fragte. Und als nach weiteren 15 Jahren immer noch niemand danach gefragt hatte, nahm er Kontakt zu einem niederländischen Antiquitätenhändler auf, der auch nicht fragte, sondern nur verkaufte. Jedes Jahr zwei bis drei Stücke.

Gustav von Eisenberg versuchte sich daran zu erinnern, ob er Michael auch diesen Teil der Geschichte erzählt hatte. Seine Erinnerung blieb aber verschwommen. Verdammtes Fest, dachte er nun, verdammtes Bier.

Er drehte sich um und wankte die Kellertreppe hinunter. Immer, wenn er in seinem Keller war und vor seiner Modelleisenbahn stand, spürte er einen tiefen Frieden in sich. Wie so oft schon ging er auch jetzt vorsichtig um die Installation herum und fuhr dabei flüchtig mit seinen Fingern über die Oberfläche eines Hügels. Schließlich klappte er das Dach des Nachbaus der Ronnenberger Stiftskirche hoch. Er nahm das sorgsam aufgerollte Bündel Geldscheine heraus und steckte es in seine Hosentasche. Wer konnte nur etwas von dem Geld wissen? Gustav von Eisenberg dachte angestrengt nach. Vielleicht Michael, den er aber nach dem Abend nie wieder gesehen hatte. Der Niederländer? Nein, dachte Gustave von Eisenberg, der kannte ihn doch eigentlich gar nicht. Bei dem nächsten, sich aufdrängenden, so naheliegenden Gedanken begann sich sein Magen erneut zu verkrampfen. Das kann nicht sein, das darf nicht sein, schrie er in das leere Haus hinauf.

Er war nicht sonderlich überrascht, als er am nächsten Morgen Irmi Meyer auf dem Sockel des Menschenpaars am Ufer des Maschsees sitzen sah.

»Ich habe Kolbes Skulptur schon immer sehr gemocht«, sagte sie lächelnd, als er auf sie zutrat. »Mann und Frau stehen nackt Seite an Seite, seine Hand ruht vertraut und fest auf ihrer Schulter«, fügte sie mit Blick nach oben hinzu. »Sie hatten es leicht an den Brief zu kommen«, unterbrach Gustave von Eisenberg sie unumwunden. Irmi Meyer hatte ihre Hände unter ihre Oberschenkel geklemmt und malte mit den Fußspitzen Kreise in den Sand. Sie lächelte noch immer. »Sie haben es mir so leicht gemacht«, antwortete sie. »Aber warum dieser Aufwand mit dem Brief?«, fragte er, »Sie hätten mich doch auch direkt erpressen können.«

»Sie müssen das doch kennen, dieses Kribbeln im Bauch? Das wollte ich mir nicht nehmen lassen. Es sollte alles ganz echt sein«, antwortete sie. »Haben Sie wirklich geglaubt, ich hätte die Kisten im Keller des Museums nie entdeckt? Glauben Sie wirklich, ich hätte vom Verschwinden der Sachen nichts bemerkt?« Irmi Meyer hatte aufgehört, Kreise in den Sand zu malen und schaute Gustav von Eisenberg nun mit einem Funkeln in den Augen an. »Sie sind ein Dieb und ich habe Ihnen jahrelang vertraut. Ich Schaf. Aber Sie wurden nachlässiger mit der Zeit. Sie waren sich Ihrer Sache zu sicher. Sie waren sich meiner zu sicher.« Gustav von Eisenberg wollte nichts mehr hören und streckte ihr den Umschlag mit dem Geld entgegen. »Es ist etwa mehr als die Hälfte«, sagte er leise. »Mir ging es nicht ums Geld«, sagte sie, während sie den Umschlag nahm und schnell einsteckte. »Der Brief liegt wieder im Safe«, fügte sie hinzu. Sie stand auf und ging ein paar Schritte. Dann drehte sie sich noch mal um, schaute hinauf zu Kolbes Gestalten und dann in Gustave von Eisenbergs Augen: »Ein wirklich faszinierendes Paar, nicht wahr?«

Emsland

Der Sturm auf Lingen

Monika Paulsen

Ein lauter Knall, gefolgt von einem dumpfen Aufschlag, riss die Bewohner von Lingen aus dem Schlaf. Hauptmann Hugo Hohenfels hustete und wedelte die Staubwolke fort, die über ihm aus der Decke rieselte. Der Strohsack knisterte, als er sein steifes Bein mühsam über die Alkovenkante schob. Bei der Anstrengung rutschte das Nachthemd hoch übers Knie und die Schlafmütze ließ ihn erblinden.

»Friedrich«, brüllte er nach seinem Adjutanten.

Vor der Kammertür war ein leises Schaben zu hören, und Friedrich schlurfte schlaftrunken und spärlich gekleidet in das Schlafgemach seines Herrn. Die Flamme der Kerze zitterte in der Zugluft des Schrittes und bedurfte seiner schützenden Hand.

»Sie haben gerufen?« Friedrich unterdrückte ein Gähnen.

»Finde mir heraus, was das für ein Lärm zu nachtschlafender Zeit war.«

Katzbuckelnd tastete sich der alte Diener, der im Hause Hohenfels gleich mehrere Stellen einnahm, rückwärts zur Tür und eilte von dannen. Wenige Augenblicke später klopfte er erneut. Von drinnen war die mürrische Stimme des Hauptmanns zu hören. Zögernd öffnete Friedrich die Tür einen Spalt und steckte vorsichtig den Kopf in das Zimmer. Wenn die Stimme von Hohenfels diese Tonlage annahm, war höchste Vorsicht geboten. Dann flog mitunter die halbe Zimmereinrichtung, so der Hauptmann sie heben konnte, nach dem Störenfried.

»Herein!«, trompetete es.

Erst als der Diener sich vergewissert hatte, dass Hauptmann Hohenfels kein Wurfgeschoss in der Hand hielt, traute er sich ganz einzutreten. Schwerlich konnte er seine Aufregung zügeln und einen ordentlichen Bericht abliefern.

»Drucks nicht so herum, was ist da draußen los?«

»Herr«, begann Friedrich zögernd und versuchte verzweifelt, seiner Stimme einen halbwegs erträglichen Klang zu geben.

Auffordernd hob Hohenfels die Augenbrauen und reckte sein Kinn vor.

»Die Sache ist die«, setzte der Diener an und scharrte verlegen mit einem Fuß.

»So red doch endlich!«

»Der Feind ist durch den Belagerungswall gebrochen und steht vor dem Lokentor.«

»Was sagst du da? Das Heer des Bischofs von Münster ist bis an die Stadtmauern herangerückt? Aber wie kann das sein? Graf Tecklenburg hat doch all seine Truppen vor der Stadt postiert. Er hat sogar jeden einigermaßen wehrfähigen Mann mitgenommen.«

Der Hauptmann rutschte ächzend aus dem Bett und humpelte mit schmerzverzerrtem Gesicht im Zimmer auf und ab. In seinem Kopf jagten die Gedanken hin und her. Wenn der Bischof den Grafen niedergemetzelt hatte, wer sollte dann noch die Stadt verteidigen? Dass er nicht selber auf dem Schlachtfeld war, lag daran, dass er gleich zu Beginn des Kampfes eine schwere Verwundung davon getragen hatte und nun daniederlag.

»Friedrich, hilf mir beim Ankleiden, rasch.«

Friedrich hastete mit den Beinkleidern hinter Hohenfels her. Jedes Mal, wenn sein Herr einen Augenblick stehen blieb, versuchte Friedrich, sie ihm anzuziehen. Doch bevor es so weit kommen konnte, hinkte Hohenfels weiter. Es verging einige Zeit, bis der Hauptmann halbwegs bekleidet da stand. Endlich entschloss er sich, einen Hilfebrief an den Grafen von Bentheim zu schreiben und einen an den Magistrat. Kaum war das letzte Nestelband geschlossen, stürzte der Hauptmann mit wehenden Rockschößen auf den Flur und verschwand in seinem Arbeitszimmer. Zielstrebig steuerte er seinen Schreibtisch an, ergriff die Feder, kritzelte eine kurze Mitteilung auf das Pergament und brüllte erneut nach seinem Diener.

»Friedrich!«

»Ja, Herr«, keuchte dieser außer Atem.

»Bring diese Depesche augenblicklich zum Magistrat. Er soll unverzüglich die einflussreichsten Bürger der Stadt aufsuchen und mit ihnen in einer Stunde hier erscheinen.«

Gut eine Stunde später drang aufgeregtes Stimmengewirr aus dem Arbeitszimmer. Friedrich geleitete die letzten Besucher hinein und zog sich danach für seinen nächsten Auftrag zurück.

»Meine Herrn«, begann der Hauptmann auf sich aufmerksam zu machen, »ich habe Grund zu der Annahme, dass Graf von Tecklenburg eine schwere Niederlage hinnehmen musste.«

Ein Raunen ging durch das Zimmer.

»Wenn dem so ist, steht die Stadt den Männern des Bischofs von Münster machtlos gegenüber.«

Das Murmeln wurde lauter und einige Stimmen erhoben sich.

»Aber was können wir tun?« Magister Rudolf tupfte sich nervös die Schweißperlen mit einem Spitzentüchlein vom feisten Hals.

»In der ganzen Stadt gibt es keine kampfestüchtigen Männer mehr«, kam es vom Tuchhändler.

»Nur noch die Alten, Schwachen und Kranken sind da«, warf ein Fabrikant ein.

»... und die Jünglinge, die noch nicht im heiratsfähigen Alter sind«, sagte ein anderer.

»Ich weiß, ich weiß«, versuchte der Hauptmann sich Gehör zu verschaffen, indem er mit seinem Briefbeschwerer auf das Schreibpult hämmerte. »Ich habe beschlossen, dass sich alle Jünglinge ab sechzehn bei Morgengrauen auf dem Marktplatz einfinden müssen. Ein jeder soll alle Waffen mitbringen, derer er habhaft werden kann. Ich selber werde sie einweisen. Danach sollen sie die Stadtmauer besetzen und vor Angreifern schützen, bis die Verstärkung eintrifft, nach der ich geschickt habe. Meine Herren, gehen Sie jetzt und trommeln Sie die Jünglinge zusammen. Die Zeit drängt.«

Kaum waren die Bürger von dannen geeilt, krachte eine Kanonenkugel gegen die westliche Stadtmauer. Noch hielten die dicken Steine den Angriff ab, aber es war nur eine Frage der Zeit, bis sie nachgeben würden. Für das Unterweisen der jungen Rekruten war jetzt keine Zeit mehr. Sie mussten, so gut es ging, ihren Mann stehen. Außerdem brauchten sie nur so lange durchhalten bis Hilfe vom Grafen zu Bentheim kam.

Während der Magistrat die geforderten Jünglinge zusammentrommelte und aus den Armen ihrer zeternden Mütter reißen ließ, ritt Friedrich mit einer Depesche in die Grafschaft Bentheim. Da die Armee des Bischofs von Münster das Lokentor belagerte, musste der Adjutant einen Umweg reiten, durch den kostbare Zeit verstrich.

Hauptmann Hohenfels erklomm einen Wachturm und verschaffte sich einen Überblick. Er hatte nicht vermutet, dass der Feind so schnell die Ems würde überqueren können. Leider führte der Fluss um diese Jahreszeit weniger Wasser und die Strömung konnte die Angreifer nicht lange zurück halten. Hohenfels sah, wie mehrere Männer des Bischofs die Geschütze neu ausrichteten und luden. In langer Linie hatten die Musketenschützen Stellung bezogen und gaben den Kanonieren Deckung. Auf einem weißen Ross sprengte ein Reiter von einem Ende der Belagerungskette zum anderen und schwang dabei sein Schwert. Hohenfels erkannte die Farben des Bischofs und wusste, dass der Kirchenmann selber seine Truppen anführte. Noch bevor er den Reiter genauer in Augenschein nehmen konnte, hörte er Schritte hinter sich.

»Herr Hauptmann.«

Hohenfels wendete sich gereizt um und erkannte sofort den Amtmann als Störenfried.

»Herr Hauptmann, die Jünglinge sind nun auf dem Marktplatz versammelt«, keuchte der Magistrat kurzatmig und wischte sich einige Schweißperlen von der Stirn. Die Angst stand ihm ins Gesicht geschrieben.

»Gut, ich komme.«

Schweren Herzens stieg Hohenfels die wackeligen Holzstufen hinunter und eilte die wenigen Hundert Meter bis zum Marktplatz. Der Amtmann keuchte schnaufend hinter ihm her, trampelte dabei wie ein Schlachtross und konnte dem Hauptmann, trotz dessen Verletzung, kaum folgen. Als Hohenfels das weiß getünchte Rathaus erreichte, stieg er mit schmerzverzerrtem Gesicht die Stufen empor. Das, was er nun zu verkünden hatte, lag ihm wie ein schwerer Stein auf der Brust. Bevor er zu sprechen begann, schaute er in die Gesichter der Jünglinge, die nicht wussten, was sie erwarten würde. Streifte die entsetzen Blicke der Mütter, die neben ihren geliebten Männern nun auch noch die Söhne für einen aussichtslosen Kampf opfern sollten. Denn dass die Männer um Graf Tecklenburg verloren waren, konnte niemand ernsthaft bezweifeln. Hohenfels räusperte sich, rückte seine verrutschte Perücke zurecht und wollte gerade zu seiner Rede ansetzten, da pfiff eine Kanonenkugel über die Köpfe der Menge hinweg und schlug in den Marktbrunnen ein. Splitter des Bentheimer Sandsteins sirrten durch die Luft und verletzten einige umstehende Bürger. Augenblicklich brach ein Tumult aus und Hohenfels zog schnell den Kopf ein. Das nächste Geschoß bohrte sich in die unbefestigte Fahrbahn der Burgstraße. Eine Walze aus Sand und Dreck rollte in Richtung Marktplatz. Einige Bewohner warfen sich zu Boden, andere standen augenblicklich in einer Staubwolke. Der Rest der Lingener spritzte auseinander und der Hauptmann, der sich wieder gefangen hatte, brüllte seinen unerfahrenen Rekruten Befehle zu, die sie nicht verstanden.

Der Staub senkte sich und Hohenfels machte es kurz:

»... ihr, die unverheirateten Bürgersöhne der Stadt Lingen, seid zum Schutz der Stadt bestellt. Eure Einheit soll künftig den Namen »Kivelinge« führen.«

Als das Summen der Anwesenden verstummte, schickte er die schlotternden Kinder an ihre Plätze. Die Frauen wurden zum Pech kochen herangezogen und jeder, der irgendwie mit anpacken konnte, schleppte alles, was als Wurfgeschoss dienen konnte, an die Stadtmauer.

Schon wurden die ersten Leitern angelegt und die Angreifer versuchten über die Mauer zu gelangen, um von innen das Stadttor zu öffnen. Heißer Pech überzog die ersten, was die folgenden Soldaten veranlasste, sich zurück zu ziehen. Mit diesem Widerstand hatten sie nicht gerechnet. Hohenfels brüllte Befehle und hoffte inständig, dass seine Männer ihn verstanden. Wie aufgescheuchte Hühner rannten die Kivelinge hin und her. Das blanke Entsetzen war ihnen ins Gesicht geschrieben. Die Frauen verteilten Munition. Über den Köpfen der Lingener krachten die Kanonenkugeln unablässig auf den Marktplatz und die hinteren Häusern ein. Schutt rieselte herunter und ein Baby kreischte. Unermüdlich kippten die Kivelinge die Pechtöpfe über die Mauerkrone.

Die Stunden vergingen. Des Bischofs Generäle trieben die Soldaten immer weiter die Mauer hoch, die noch schneller wieder hinabstürzten. Genauso unermüdlich setzte sich das Heer der Jünglinge zur Wehr.

»Hauptmann Hohenfels, da kommen Reiter«, brüllte Jan über die Schulter nach unten.

Hohenfels erklomm mühsam die Holztreppe und spähte durch eine Schießscharte. Aufatmend stieß er die Luft zwischen den Zähnen aus. Die ersehnte Hilfe aus Bentheim war da.

Weserbergland

Dem Erfolg auf der Spur

Jörg Ehrnsberger

Von seinem ICE in Hannover sah er gerade noch die Rücklichter, und so entschied er sich das zu tun, was er sich schon seit Jahren vorgenommen hatte. Der heutige Termin war jetzt ohnehin nicht mehr zu schaffen. Seine Assistentin würde den für ihn absagen; kein Problem. Natürlich hätte er auch über Nacht in Hannover bleiben können, aber was würde er schon im Hotel mit dem so plötzlich frei gewordenen Nachmittag und Abend anfangen? Arbeiten, sein Online-Büro mal wieder in einem der ungezählten Hotelzimmer aufschlagen. Nein, diesmal war er klüger. Er würde heute überhaupt nicht mehr arbeiten, sondern einen schönen Spaziergang in der Natur machen. In Porta Westfalica.

Das erste Mal wurde er auf das Denkmal aufmerksam, als er in einem dieser engen Sechserabteile saß, damals noch zweiter Klasse, und zwei Kinder ihrer Mutter alles erzählten, was ihnen in der Schule beigebracht wurde.

Gelächelt hatte er damals und sich gefragt, wozu man etwas über Jahrhundert alte Denkmale wissen sollte, wenn doch in der Gegenwart Geschichte gemacht wurde. Die Vergangenheit war gut für Anekdoten. Wenn ein Geschäftspartner sich nicht auf Anhieb überzeugen lassen wollte. Die Vergangenheit als Startrampe in die Zukunft.

Porta Westfalica war sein Schrittmesser. Er liebte den Moment, wenn der Zug die Lücke im Weser- und Wiehengebirge durchquerte. Durchbruchtal war die offizielle Bezeichnung für das, was der Fluss hier über Jahrmillionen in den Stein gegraben hatte. Viele glaubten, dass man vor jedem Karrieresprung auch ein Tal durchqueren musste. Aber er hatte das nie so gesehen. Denn das, was für andere ein Hindernis war, war für ihn nur eine Treppenstufe nach oben. Er liebte diesen Blick aus dem Fenster, wenn der Zug an allem vorbeirauschte. Weich gepolstert, erste Klasse mit Service am Platz. So war die Fahrt, so war sein Leben. Erst wurde der Bonus größer, dann kamen die Maßanzüge und natürlich die Erste Klasse im Zug. Aber man gewöhnt sich ja so schnell daran, wenn die Gegenwart zur Vergangenheit geworden ist.

Porta Westfalica stand für ihn immer als letzte Station vor dem Durchbruch. Der letzte Check-up, bevor er den entscheidenden nächsten Schritt tat. Was für andere das quälende Warten vor dem Abschluss war, war für ihn der Moment, seinen Plan noch ein letztes Mal zu prüfen und sich auf den entscheidenden Moment vorzubereiten. Er nannte das seinen PW-Effekt, was natürlich Eindruck hinterließ, insbesondere, da er aus dessen Bedeutung ein großes Geheimnis machte. Und deshalb hatte er sich schon lange vorgenommen, Porta Westfalica selbst zu erkunden; er wollte sein Glücksbringerstädtchen, wie er diesen Ort gern nannte, persönlich untersuchen.

Normalerweise buchte seine Assistentin ihm die Hotels. Natürlich hätte er sie anrufen können, aber das hätte zu viel über den PW-Effekt verraten. Aber er hatte ja sein Smartphone; er nahm das erste auf der Liste. Es sollte idyllisch inmitten eines Wald- und Naturschutzgebietes liegen und der Ortskern trotzdem innerhalb kürzester Zeit zu Fuß erreichbar sein. Dass das Hotel pro Nacht nur so viel kostete wie sonst ein guter Business Lunch, das war schon jetzt eine gute Anekdote, die er irgendwann mal zum Besten geben würde.

Jetzt stand er auf der Felsenklippe »Silberblick« hoch über Porta Westfalica und saugte jedes Detail in sich auf. Die Weser, die sich durch die Felder schlängelte, die Brücke und natürlich die Züge, die hin und her rasten – von links nach rechts und von rechts nach links. Sein Blick ging weit hinaus, bis in die Hausberger Schweiz über den Großen Weserbogen zu den Lippischen Bergen. Am Himmel Drachenflieger, die durch die Lüfte glitten, wobei ihm nicht ganz klar war, wozu das gut sein sollte. Einfach so durch den Himmel gleiten. Allerdings gestand er jedem die Freiheit zu, selbst zu entscheiden, wobei er sich das Genick brechen wollte. Und doch blickte er den Drachenfliegern hinterher, und in einem kleinen Moment der Schwäche ertappte er sich dabei, sich mit den Drachen weg zu träumen, quer zur Bahnstrecke zu fliegen, sie zu kreuzen und immer weiter zu gleiten, um dann im Horizont zu verschwinden. Aber ein Blick auf die Uhr holte ihn in die Gegenwart zurück.

Wenn man unter dem Denkmal steht und nach oben schaut, sieht es gewaltig aus. 88 Meter hoch und oben auf dem Kaiser die 2,50 Meter große Krone mit vergoldetem Kreuz. Aus dem Zug hatte das Denkmal immer so klein ausgesehen, aber jetzt kam er ins Staunen. Allerdings auch nur solange, bis ihm einfiel, dass er sonst in Hotelzimmern schlief, die auf Höhe der Königskrone lagen. Und zwar nicht in Porta Westfalica, sondern in Berlin, London, New York oder Hong Kong. Und dass Dinge aus der Nähe größer erscheinen als aus der Entfernung – auch keine Überraschung. Genau das war der Grund, weshalb er auch die scheinbar kleinen Probleme nie vernachlässigte.

Sein Smartphone lieferte ihm zum Kaiserdenkmal die notwendigen Informationen: Einweihung am 18. Oktober 1896, die Kosten fielen deutlich höher als geplant aus, die

Entscheidung, das Denkmal hier zu bauen, fiel mit nur 46:43 Stimmen, und auch über die Inschrift wurde ordentlich debattiert. Alles genau wie heute, kannte man ja. Von wegen, aus der Geschichte lernen. Zur Einweihung kam der aktuelle Kaiser persönlich vorbei und zu seinen Ehren spielten 1300 Posaunen. Am besten aber gefiel ihm, dass knapp 20000 Zuschauer dabei waren. Aufgrund der Menge war alles bis ins Detail durchorganisiert, niemand durfte stehen wo er wollte, alle hatten ihren zugewiesenen Platz und die Arbeiter durften nicht als eigene Gruppe, sondern nur als Repräsentanten ihrer Betriebe an der Veranstaltung teilnehmen. Auch hier im Prinzip alles wie heute.

Natürlich war klar, wo sein Platz damals gewesen wäre: Direkt im Gefolge des Kaisers. Nicht in der allerersten Reihe, sondern immer ein Stück hinter den öffentlichen Gesichtern. Die wirklichen Entscheidungen wurden sowieso in der zweiten Reihe vorbereitet, während in der ersten nur die Köpfe rollten, wenn es dann schief ging. Und so blickte er dahin, wohin vermutlich auch einst das Gefolge des Kaisers geblickt hatte.

Auf dem Bierdeckel vor ihm reihten sich die Zahlen. Jetzt saß er schon über eine Stunde in der Kneipe in der Nähe des Bahnhofs und versuchte, seine Untergebenen zu zählen, aber er kam zu keinem Ergebnis, da jeder seiner Untergebenen wieder Untergebene hatte. Vorhin war ihm diese Idee gekommen, als er da stand, oben am Denkmal und in dieselbe Richtung schaute wie damals der Kaiser. Er hatte versucht sich vorzustellen, wie groß eine Menge aus 20000 Menschen wohl war.

Aber wie er es auch drehte und wendete, er kam in seinen Berechnungen zu keiner Lösung. Er ließ sich mit jedem Bier einen neuen Bierdeckel bringen, die Kalkulationen wurden immer komplizierter – vergebens. Aber nach dem siebten

Bier war ihm klar, dass er zumindest ungefähr mit Kaiser Wilhelm auf Augenhöhe sein musste.

Am nächsten Morgen stand er auf dem Bahnhof und der wirre Traum der letzten Nacht hatte sich noch nicht ganz verflüchtigt. Er hatte wieder vor dem Denkmal gestanden und Kaiser Wilhelm hatte ihm sein Leid geklagt: Er hatte eigentlich nie Kaiser werden wollte, seine Ehe war eine reine Vernunftehe, er musste sich ständig mit Bismarck arrangieren und am Ende wurden vier Attentate auf ihn verübt. Und dann sagte ihm Wilhelm noch, dass er aufpassen solle, zu viel Arbeit wäre gar nicht so gut, Erfolg sei auch nicht alles im Leben und von posthumen Denkmälern könne man sich im Himmel auch nichts kaufen.

Aber da kam der Zug nach Hannover, schnell fand er seinen Sitzplatz im Abteil Erster Klasse und mit jedem Meter, den der Zug zurücklegte, wich auch dieser merkwürdige Traum zurück. Er eilte auf seinen nächsten Erfolg zu.

Ostfriesland

ACKA-ACKA
oder
Der gute Mensch von Lütetsburg

Eva Lezius

Jetzt bin ich alt. Mit 80 Jahren ist man richtig alt. Vor drei Jahren bin ich von Osnabrück, aus der letzten eigenen Wohnung, zu meiner Tochter nach Königstein im Taunus gezogen. »Du kommst nun unter meine Fittiche«, hatte sie gesagt, »Du kannst nicht mehr richtig sehen, das geht so nicht mehr!«

Seitdem lebe ich hier in der schönen Villa mit meiner Tochter, ihrem Mann und ihren beiden Söhnen.

Ich bin zufrieden.

Oft kommen meine beiden Enkel Paul und Alexander zu mir. Sie sind jetzt 12 und 14 Jahre alt. Ich muss ihnen dann immer von früher berichten: »Wie war denn unsere Mama als Kind? Und der Schriftsteller-Opa? Ihr habt doch mal auf einem Bauernhof gewohnt. Erzähl doch mal, Oma. Wie war denn das? Warum sind der Opa und Du denn damals nach Ostfriesland gezogen? Unsere Mama ist ja dort geboren.«

Und dann erzähle ich.

Wenn man alt ist, gibt es keine Zukunft mehr, es gibt ein bisschen Gegenwart und viel, viel Vergangenheit.

Wie beginnen die Märchen?

Es war einmal ...

Es war einmal ein junges Paar. Ein junges, sehr verliebtes und reiselustiges Paar. Dann aber wurden sie doch sesshaft und zwar in Stuttgart. Der junge Mann war Redakteur bei einer Zeitung und die Frau war Lehrerin.

Eines Tages sagte der junge Mann: »Ich will nicht mehr als Reporter durch die Stadt hetzen. Ich will ein Buch schreiben und ans Meer ziehen, dahin, wo keine Menschen sind.« Und da die junge Frau, wie gesagt, sehr verliebt war, sagte sie: »Gut, dann ziehen wir ans Meer!« Und sie schlugen die Landkarte auf und tippten auf eine Gegend, wo es kaum Städte gab, nur grüne Flächen und am Rand die Nordsee. Das war Ostfriesland.

Dort mieteten sie nahe der Stadt Norden, in dem kleinen Ort Lütetsburg, der eigentlich nur aus einem bescheidenen Wasserschloss inmitten eines schönen Parks bestand, mit ein paar Häusern drum herum, einen schon hundert Jahre alten Bauernhof, der dem Schlossherrn gehörte und der ihn eigentlich abreißen wollte. Aber das junge Paar war so begeistert von dem Bauernhof, dass er sie einige Jahre dort wohnen ließ.

Es war ein typisch ostfriesischer Bauernhof, der aus einem lang gestreckten Bau bestand: Den vorderen Teil bildete das Wohnhaus, den hinteren eine große Scheune.

Er stand inmitten von Wiesen und Feldern. Man konnte weit blicken und der Horizont war unermesslich groß.

Es war ein geräumiges Wohnhaus mit vielen Zimmern. Aber nur die zwei Wohnzimmer konnten geheizt werden mit schönen alten Kachelöfen. Auch in der Küche gab es zuerst nur einen alten eisernen Holz- und Kohleherd.

Im Winter war das Leben dadurch ein wenig mühselig, aber die jungen Leute fanden es sehr romantisch und abenteuerlich.

Sie fühlten sich so glücklich dort, so frei und ungebunden, dass sie hintereinander gleich zwei Kinder bekamen.

Der Mann, er hieß Paul, war ein leidenschaftlicher Gärtner und Handwerker: Er legte einen großen Garten an, renovierte das Haus, schaffte verschiedene Tiere an, die er mit Inbrunst fütterte und beobachtete: Hühner, Enten, Schafe, ein Schwein, einen Hund und mehrere Katzen.

Nachts setzte er sich an den Schreibtisch und schrieb sein Buch.

Und die Frau arbeitete als Lehrerin in der nahe gelegenen Schule.

Wie man sich vorstellen kann, ging der Haushalt einigermaßen durcheinander, aber es fand sich Hilfe in Gestalt einer etwa vierzigjährigen Frau.

Sie hatte den schönen Vornamen »Hauke«, der sowohl ein Frauen- als auch ein Männername in Friesland ist. Man denke nur an die Geschichte vom »Schimmelreiter« von Theodor Storm, deren Hauptfigur Hauke Haien heißt.

Ihr Mann, von dem sie den gediegenen Familiennamen »Ackermann« bekommen hatte, war, als junger Waldarbeiter des Schlossherrn, bei einer Holzfuhre von einem herunterfallenden Baumstamm erschlagen worden. Und so blieb die junge Frau mit ihren zwei Kindern, der zwei Jahre alten Heike und dem gerade geborenen Wilhelm allein. Das war damals, als das junge Paar nach Ostfriesland kam, etwa 10 Jahre her.

Hauke Ackermann also versuchte Ordnung in das Chaos des jungen Haushaltes zu bringen. Zudem kümmerte sie sich nebenbei um das Baby, das von dem viel beschäftigten Vater manchmal vergessen wurde und weinend im Kinderwagen lag. Der kleine Sohn wurde morgens von der Mutter auf dem Weg in ihre Schule in den Kindergarten gefahren.

»Wie die Hauke Ackermann aussah, wollt Ihr wissen? Ich sehe sie vor mir in einem einfachen blauen Kittel, den sie immer zum Putzen überzog, denn überall staubte es wegen der Kohle. Sie sprach Hochdeutsch mit einem breiten ostfriesischen Akzent; zu Hause redeten sie – wie alle eingeborenen Ostfriesen – nur Platt.«

»Acka-Acka« – so der Name, den die kleinen Kinder dem guten Geist in ihrer Kindersprache gaben, wurde immer unverzichtbarer.

Der Hausherr wollte zum Beispiel einmal ein häusliches Schlachtfest veranstalten, was damals noch erlaubt war. Es wurde ein Schlachter bestellt und das arme Schwein musste dran glauben.

Acka-Acka kam, kochte mit dem Hausherrn die Würste ein und kümmerte sich – sie war selbst auf einem Bauernhof im südlichen Ostfriesland nahe der holländischen Grenze groß geworden – um alles:

Überall hingen die Schinken, das Fleisch wurde eingefroren, Einmachgläser mit allen möglichen Delikatessen gefüllt und gekocht und dann wurde ein großes Fest mit Freunden gefeiert.

»Fragt mich nicht, wie viel Geld die Acka-Acka für all diese Arbeit bekam, Kinder. Es war lächerlich!«

Wollte das junge Ehepaar ein Wochenende verreisen, kamen die Kinder zu Acka-Acka nach Hause. Sie bewohnte ein Haus, das sie mit Zähnen und Krallen für ihre Kinder verteidigte und abbezahlte, denn die Familie ihres Mannes war nach dessen Tod der Meinung, dass ihnen das Haus gehöre.

Sie, die so bescheiden und unaufdringlich durchs Leben ging, wurde für ihre Kinder zur Kämpferin und sie siegte.

Ein großer Garten lag hinter dem Haus und ein Hühner- und ein Kaninchenstall. Nichts schöner für die kleinen Besuchskinder, als mit »Wimmel« oder »Billem«, dem so von den kleinen Kinder benannte Wilhelm, die Kaninchen zu streicheln.

Heike, die ältere Tochter, war ein ehrgeiziges Mädchen und kam schon auf das Gymnasium.

So vergingen vier Jahre. Das Buch des Schriftstellers war fertig gestellt. Der alte Bauernhof sollte endgültig abgerissen werden.

Da ergab es sich, dass die junge Frau ein bisschen Geld erbte.

Und sie beschlossen, einen lang gehegten Traum zu verwirklichen und ein Jahr in Griechenland zu leben.

Und so geschah es. Viele Utensilien aus dem Bauernhaus und auch der kleine Hund wurden bei der Acka-Acka für diese 12 Monate abgegeben.

Um die Weihnachtszeit kamen sie zurück. Wo sollten sie unterkommen, bis sie ein neues Haus gefunden hatten? Natürlich bei Hauke Ackermann.

Die Acka-Acka nahm sie auf. Das war alles ganz selbstverständlich für sie. Man rückte zusammen. Es wurden Kuchen und Plätzchen gebacken, ein Huhn geschlachtet und in der warmen Wohnstube Weihnachten gefeiert.

Dann bezog die Familie ein neues Haus. Alle wurden älter.

Die Kinder durchliefen die Schule. Acka-Acka hatten einen schweren Fahrradunfall, wurde von einem schlechten Arzt operiert und bekam ein neues Knie. Sie hatte schreckliche Schmerzen und humpelte. Lange ging es ihr nicht gut. »Was soll ich machen?« sagte sie Schicksals ergeben.

»Ihr fragt, ob sie wütend auf den Arzt gewesen ist? Nein, Kinder, Wut und Zorn kannte sie, glaube ich, gar nicht. Sie rebellierte nie. Sie klagte auch nicht. Sie nahm das Leben und das Schicksal so hin, wie es sich ergab.«

Sie arbeitete weiter, um Geld zu verdienen: Sie putzte in verschiedenen Haushalten, puhlte Krabben für die Schlossherrin und vermietete Zimmer in ihrem Haus für Feriengäste. Sie brauchte das Geld, damit ihre Kinder eine Ausbildung machen konnten.

Die Tochter studierte Theologie und wurde Pfarrerin.

Der Sohn studierte Maschinenbau und bekam eine gute Stelle.

»Ja, so war Hauke Ackermann aus Lütetsburg in Ostfriesland.«

»Oma, das ist ja gar keine richtige Geschichte«, maulen Paul und Alexander.

»Da kommt ja gar nichts Aufregendes drin vor.«

»Das ist die Geschichte von einem wirklich guten Menschen. Ich habe niemanden kennen gelernt, der so hilfsbereit, so bescheiden, so selbstlos und tapfer ist. Fragt mal Eure Mama. Sie liebte die Acka-Acka so sehr, dass sie sie vor 15 Jahren zu ihrer Hochzeit hier in Königstein eingeladen hat. Und sie ist gekommen, humpelnd und mit Krücken, begleitet von ihrer Tochter; sie hatte immer noch große Schmerzen. Aber sie hatte ein ganz feines Kleid an und sah so schön aus wie eine Königin.«

Paul und Alexander gucken etwas ungläubig und verabschieden sich dann rasch von ihrer sentimentalen Großmutter.

Ich bin allein mit meinen Erinnerungen.

Es waren schöne Jahre in Ostfriesland.

Die Weite der Landschaft und des Horizontes bleiben im Gedächtnis.

Und Hauke Ackermann aus Lütetsburg werden wir nie vergessen.

Osnabrück/Osnabrücker Land

Keine Werbung

Evgenij Unker

Welcher Religion ich angehöre? Bis vor kurzem noch der juristischen. Ich zahlte auch die Kirchensteuer: achthundert Euro pro Semester. Trotzdem mochte ich dieses Hundegeläut der Profs drüben im Juridicum nicht. Aber Kirchen in Deutschland meinen, nicht besonders musikalisch sein zu müssen, und so nahm ich die Vorlesungen, zu denen ich überhaupt hinging, als geschenkte anderthalb Stunden Zeit, um mir die Brille zu putzen.

Häufig schleppte ich mein Notebook mit und übte mit einem Tipp-Programm die Zehn-Finger-Methode. Von vorne sah es so aus, als würde ich in Echtzeit und Wort für Wort alles protokollieren. Auf diese Weise hatte nicht nur ich, sondern auch der Prof am Ende das berechtigte Gefühl, ich hätte die Zeit sinnvoll verbracht und viel in seiner Vorlesung gelernt. Mit halbem Ohr konnte ich dann immer noch den in unterschiedlichem Maße sachlichen Ausführungen übers Sachenrecht oder den wenig aktionsreichen Erklärungen von Verwaltungsakten lauschen, die vom Katheder aus mit gleichbleibender Monotonie gepredigt wurden.

Aber ich lauschte nicht zu sehr; wer will schon seiner Freundin am Abend erklären, sie sei heute mehr als nur unerheblich attraktiv und schulde die Wiederherstellung des Zustandes, der bestehen würde, wenn der Umstand ihrer Hübschheit nicht eingetreten wäre. Sprich die Wiederherstellung der unerregten Zufriedenheit mit Gott und der Welt.

Vor meinem Jurastudium hatte ich sechs Semester Kunst studiert, zeigte dafür aus Sicht meiner Profs aber keinerlei Begabung. Wer mit solch banalen Arbeitsmaterialien wie Gips oder Acrylfarben Kunst macht, hat heutzutage schon verloren. Insbesondere wenn seine Kunst auch noch ob ihrer Realität als menschengemacht erkennbar ist. Kein Problem für mich, der schon immer sagte: Kunst soll uns eine Schutzwand gegen die Härten der Welt sein, nur soll sie bitteschön immer eine Tür zum Entweichen haben.

Und so entschlüpfte ich dem künstlerischen Elfenbeinturm. Übrigens, weit her ist es mit der Freiheit des Glaubens in Deutschland nicht. Wer nach dem vierten Semester konvertiert, verliert als nicht mehr förderungswürdig, lies perspektivlos, seinen Anspruch auf staatliche Ausbildungsförderung. Im Volksmund und im Folgenden BAföG genannt. Die Priester in ihren Bürotempeln sind unerbittlich und auch durch Menschenopfer nicht zu erweichen. Wer in eine solche Situation gerät, gilt als vogelfrei. Für ihn gibt es keine Gesetze mehr.

Während BAföG, immerhin existenzminimale knappe siebenhundert Euro monatlich, kraft Gesetzes nicht als Einnahme gewertet wird – ja, man darf sich völlig abgabenfrei noch zusätzlich vierhundert Euro im Monat dazuverdienen –, wird jeder Cent, den man als *BAföGel*-freier Student im Schweiße seines Angesichts über die Vierhundert-Euro-Grenze erschuftet hat, mit Kranken-, Pflege- sowie Rentenversicherungsbeiträgen belastet. Sollte man auch noch so viel verdienen, dass man nicht verhungert, verliert man darüber hinaus seinen Anspruch auf Kindergeld.

Kurz, der gottsuchenden Seele werden allerlei Hemmschuhe an- und viele Stolpersteine in den Weg gelegt. So ist zu erklären, dass ich bis vor kurzem noch häufiger als Zeitungs- und

Prospektzusteller durch die Straßen der Stadt unterwegs war. Wer kennt nicht diese kostenlosen Zeitungen: eine dicke Packung Reklame, die von einem dünnen Blättchen mit der Aufschrift »Osnabrücker Sonntagszeitung« oder »Osnabrücker Nachrichten« umschlossen wird. Die Mogelpackung aus Werbung ist so dick, dass sie gerne mal aus dem Zeitung genannten Verpackungspapier herausfällt. Kein Wunder, wenn die Leute anfingen zu schimpfen, sobald sie mich erblicken.

Besonders mit dem Herrn Ossbrück aus der Katharinenstraße leisteten wir uns häufiger Wortgefechte. »Ich will keine Werbung! Habe ich doch schon zehntausend Mal gesagt. Kannste nicht lesen, steht doch aufm Briefkasten!« Ich antwortete darauf mit gleichbleibender professioneller Gelassenheit: »Das ist keine Werbung, sondern die Osnabrücker Sonntags*zeitung*.« – »Mir egal, ich will den Müll nicht! Ich werde mich bei der Firma beschweren!« – »Bringen Sie doch schlicht einen Hinweis am Briefkasten an, dass Sie weder Werbung noch kostenlose Zeitungen wollen.« – »Werde ich bestimmt machen, ganz groß!« Beim nächsten Mal stand natürlich wieder nichts dergleichen auf Herrn Ossbrücks Briefkasten, dafür aber er selbst vor der Tür, bereit zum neuen Wortduell.

Bei der reinen Werbungszustellung gibt es auch kluge Köpfe. Sie schweißen einfach so eine Werbepackung in einer Plastikfolie zusammen. So kann man sich die Tinte für die Zeitungsüberschrift sparen und den Zusteller jeweils nur einmal statt für jede Broschüre einzeln bezahlen. Am geschicktesten sind aber jene Auftraggeber, die dem Verteiler zu der Zeitung, die ohnehin kaum in einen Briefkasten passt, auch noch ein Prospekt mitgeben, das von ihm, dem Zusteller, vor Zustellung in die Zeitung gelegt werden soll. So umgeht man die hohen Verpackungskosten und auch noch die »Keine Werbung«-Aufkleber auf dem Briefkasten, denn die Werbung wird in diesem Fall als Teil der Zeitung geliefert. Und wie gut das funktioniert, wissen wir ja am Beispiel Herrn Ossbrücks.

Die Zustellfirma ist dann nicht weniger geschickt und bündelt gleich mehrere solcher in die Zeitung reinzulegenden Prospekte bei einem Zusteller. So wird ein angehender Jurist zum Lastpferd, womöglich nur, um nach seinem Studium Taxifahrer zu werden. Einen wichtigen Startvorteil wird er dann freilich haben: Er kennt die Stadt wie seine Westentasche.

Die lieben Osnabrücker sind aber überhaupt spannende Zeitgenossen. Manch einer meint an seinem Briefkasten ganze Romane anbringen zu müssen. Mit ein bisschen Zeitaufwand und hermeneutischem Geschick kann man dann deren Hauptmessage herausfiltern: dass gefälligst keine Werbung in den Briefkasten geworfen werden soll. Es gibt keine Gefahrenzulage für die Lektüre solcher Briefkastenliteratur: »Lieber Zeitungs- und Reklamezusteller, wir wissen Ihre Mühe zu schätzen. Bei Wind und Wetter sind Sie durch die Straßen unserer geliebten Stadt unterwegs, um die Einwohner mit den wichtigsten Nachrichten und neusten Werbeanzeigen zu versorgen. Sie scheuen weder Regen noch Schnee...« Vor allem an dieser Stelle, mitten im Regen stehend und mit einer Taschenlampe die Epistel entziffernd, fühlt man, wie warmherzig an einen gedacht wird. Nach einigen weiteren anerkennenden Worten folgt dann der dezente Hinweis, man solle doch aber gerade dieses Haus mit der Werbung und den »wichtigsten Nachrichten« verschonen. Und keine Empathie hindert den Briefkastenbesitzer daran, rechtliche Schritte anzudrohen, falls etwa der Akku der Taschenlampe im Dunkeln versagt, man nicht bis zur entscheidenden »Keine Werbung«-Botschaft vordringt und so das Einwurfverbot »boshaft« missachtet.

Noch mehr als für das Taxifahrerdasein prädestiniert der Job einen allerdings für die Einbrecherkarriere. Man kennt nicht nur jede Straße, sondern jede Haustür und -treppe, ja, kann leicht je nach Gefülltheit des Briefkastens auf Abwesenheiten des Besitzers schließen... Doch so weit ist es mit mir trotz BAföG-Losigkeit nicht gekommen. Ich hattc eine bessere Idee. Eines Tages fehlte mir die Lust, die Berge von Werbung und Zeitung an ihren Zielort zu befördern, und so bastelte ich aus dem ganzen Papierberg spaßeshalber einen riesigen Briefkasten, vergaß auch nicht, einen ebenso riesigen »Keine Werbung«-Aufkleber darauf anzubringen.

Dann ging alles schnell. Ich bewarb mich und gewann einen Preis beim European Media Art Festival. Ich konnte sogar durchsetzen, dass mein Werk im Rahmen der Outdooraus-stellung auf jenen wie speziell für mein Kunstwerk »Markt« genannten Platz zwischen Rathaus, Marienkirche, Stadtbib-liothek und Remarque-Zentrum kommt. So hatte der Bür-germeister doppelt Recht, als er von der »marktkritischen« Künstlerabsicht in seiner Lobrede sprach. Interviews, Fern-sehauftritte, Treffen mit Fans, natürlich allerlei Droh- und Schimpftiraden seitens der Kunstbanausen, die meinem Werk wenig abgewinnen konnten. Ich erweiterte mein Schaf-fen und begann aus Zeitung und Werbung zuerst ganze Häu-ser, dann andere Skulpturen und Installationen zu fertigen. Erste wissenschaftliche und kunsttheoretische Vorträge und Publikationen über mich ließen nicht lange auf sich warten. Ich wurde als Begründer einer neuen Kunstrichtung gefeiert: des Paperismus (von engl. »paper«). Dann kamen Einladun-gen zu eigenen Vorträgen, neue Preise und Auszeichnungen. Dutzende Epigonen und Jünger machten mir meine Zei-tungskunst entweder dankbar oder die Inspirationsquelle leugnend nach.

Natürlich gab es auch bald eine Gegenbewegung. Sie führte Protestaktionen durch, indem sie etwa einen Zeitungshaufen öffentlich verbrannte und meinen Paperismus einen künstleri-schen Pauperismus schimpfte. Aber diese lächerlichen Kampagnen führten nur zu umso größerer Popularität meiner Kunst. Kurz, ich erreichte das, was mir keine Religionsausübung im dogmatischen kirchlichen Rahmen der Universität seinerzeit geben konnte: Ich wurde selbst Religionsstifter.

Und wie es sich für einen solchen gehört, wurde ich in meiner alten – juristischen – Religion mit dem Kirchenbann, intern Exmatrikulation genannt, belegt. Wider Erwarten wurde ich auch erneut der falschen Materialwahl beschuldigt. Bei meinen Zustellerjobs wurde mir mit sofortiger Wirkung wegen »nicht ordnungsgemäßer Zustellung und zweckfremder Eigenverwendung des Arbeitsmaterials« gekündigt. Ein erfundener und erlogener Vorwand, ein Affront! Ich habe schon mich selbst eingeschaltet und werde gegen diese *Infiktive* klagen. Die Firma schuldet mir noch eine Prämie für den grandiosen Werbeerfolg!

Den Höhepunkt meines Ruhms bildet aber sicher das Interview, das Herr Ossbrück für den lokalen Sender os1.tv gegeben hat: »Ich hatte schon so ein Gefühl, dass unser Reklamezusteller Großes leistet! Ich sagte immer meiner Ilse: Du, sagte ich, unser Zeitungszusteller, der ist ein guter Kerl. Der wird es zu was bringen. Es gibt ja Leute, die meinen, Zeitungszusteller – das sind Menschen zweiter Klasse –, können nicht mal die ›Keine Werbung‹-Aufkleber lesen. Nein, wir beide haben uns immer freundschaftlich unterhalten. Ich habe immer an ihn geglaubt!«

Oldenburg/Oldenburger Münsterland

Das silberne Kreuz

Iris Foppe

»Kann auch ganz bestimmt nichts passieren?« Jens hielt seine Taschenlampe so fest umklammert, dass die Knöchel hell hervortraten und betrachtete misstrauisch das große eiserne Tor am Ende des Deiches.

»Ach, komm schon. Hier laufen keine Räuber und Mörder herum. Die suchen sich große Städte aus. Das sagt mein Vater immer.« Uwe drückte das unverschlossene Tor vorsichtig auf. Sein Cousin biss sich währenddessen auf die Lippen, um nicht zu verraten, dass er sich beim nächtlichen Besuch eines Friedhofs nicht unbedingt vor menschlichen Begegnungen fürchtete.

Für die beiden siebenjährigen Jungen war die Abwesenheit von Uwes Eltern eine günstige Gelegenheit. Diese waren am frühen Abend zum Nachbarhaus gegangen, um eine Buchsbaumgirlande für die Hochzeit eines befreundeten Paares zu binden. Da mit ihrer Rückkehr nicht so bald zu rechnen war, hatten die beiden Kinder beschlossen, die Zeit für ein Abenteuer zu nutzen. Und eine nächtliche Erkundung der Gräber, die sich an der Blexer Kirche befanden, schien eine angemessene Mutprobe zu sein.

»Komm, wir gehen da oben hin.« Uwe balancierte auf den steinernen Umrandungen der Gräber weiter zur dunklen Kirchenmauer hinauf. Jens folgte ihm zögernd und ließ nur ab und zu seine Taschenlampe aufblitzen, um auf den schmalen Steinen nicht auszugleiten.

»Schau dir das mal an«, flüsterte Uwe und deutete auf ein kleines vergittertes Loch in der Mauer.

»Hier hat man früher ein Mädchen eingesperrt, bis es schließlich verhungert ist. Den Geist soll man manchmal noch stöhnen hören, hat der Pastor gesagt.«

Jens wagte es nicht, in die dunkle Öffnung hineinzuleuchten. »Das ist unheimlich«, wisperte er. »Lass uns wieder gehen.«

Doch Uwe grinste nur und zog seinen widerstrebenden Spielgefährten ein weiteres Stück an der Mauer entlang.

»Und hier«, er zeigte auf den Sandstein der Kirchenmauer. »Hier kommt der Teufel nachts vorbei und schärft seine Krallen.«

Dabei fuhr er mit seinem Finger eine der tiefen Rillen entlang und ließ zischend die Luft durch seine Zahnlücke entweichen. Jens war angemessen beeindruckt; besonders weil anschließend noch ein hohles Stöhnen dazu kam.

Uwe erstarrte. »Das war ich nicht!« flüsterte er fast unhörbar.

Die beiden Jungen sahen sich entsetzt an und wagten nicht, sich zu rühren. Ihre Nackenhaare stellten sich auf, als das Stöhnen diesmal noch näher zu hören war. Deutlich vernahmen beide jetzt schwere Schritte und ein unheimliches Schmatzen. Ein Schatten kam hinter der Kirche hervor und bewegte sich genau auf sie zu. Die Gestalt humpelte und mit jedem Schritt hörte man ein leises »Klack« wie von einem Pferdefuß.

Das war zu viel! Mit einem lauten Schrei rannte Jens zwischen den Gräbern hindurch auf das nahe Tor zu. Uwe fegte hinterher und schlidderte kurz hinter dem Tor den Deich hinunter zu einem Gebüsch, in dem auch Jens sich verstecken wollte. Zitternd lagen beide am Boden. Jens suchte in der Finsternis hastig nach etwas, aus dem sich ein provisorisches Kreuz gegen das Gespenst formen ließ. Seine Hände ertasteten einen kleinen Gegenstand aus Metall.

Auf dem Friedhof hörte man jetzt lautes Schimpfen. »So 'n Schiet. Düsse Rümdrievers. Wat heb ik mi verjogt. Ne ole Fro so to argern. De sün wol mal worn.«

Uwe sah überrascht auf und traute sich nun doch, vorsichtig auf den Friedhof zu schauen. Er erkannte eine alte Frau, die sich auf einen Stock gestützt bemühte, eine Friedhofsgießkanne wieder aufzuheben, die sie vor Schreck hatte fallen lassen. Sie humpelte mit der nun wieder leeren Kanne brummelnd zu einem der Wasserhähne. Eine Weile hörte man nichts anderes als das Wasser, das in die Kanne rauschte. Ächzend stieg die Frau dann mit der schwappenden Kanne hinauf zu einem mit Begonien bepflanzten Grab. Die beiden Jungen rührten sich nicht vom Fleck, bis sie schließlich ihr Vorhaben beendet hatte und mit einem letzten »Düsse Malbüddels!« verschwunden war.

Uwe atmete auf und straffte die Schultern. Dann verkündete er: »Ich hab dir doch gesagt, dass hier nichts passieren kann. Das war nur die alte Frau Kleemeyer. Ich hatte keine Sekunde lang Angst.«

»Ich auch nicht«, murmelte Jens wenig überzeugend und kletterte hinter seinem Cousin wieder den Deich hinauf. Oben angekommen entdeckte Uwe den kleinen Gegenstand, den Jens noch immer umklammert hielt.

»Was ist das denn? Zeig mal her?«

Sie wagten jetzt wieder die Taschenlampe zu benutzen und betrachteten den Fund genauer. Es war ein kleines silbernes Kreuz, um das eine dünne silberne Efeuranke geschlungen war. Vermutlich hatte es einmal zu einem alten Gesangbuch oder einem inzwischen längst abgebauten Grabstein gehört.

Jens wischte mit seinem Ärmel den Dreck herunter und freute sich, wie es im Schein der Taschenlampe glänzte.

»Das hat uns gerettet.«, sagte er bestimmt. »Nur weil ich das Kreuz gefunden habe, war da oben eine alte Frau und kein Geist.«

»Du bist und bleibst ein Angsthase«, stellte Uwe fest und leuchtete ins Gebüsch hinunter. Aber er konnte nur Steine und Geröll zwischen den Büschen erkennen.

»Ich glaub, da ist nichts Wertvolles mehr«, sagte Jens nicht ohne Stolz auf seinen Fund. »Und ich will jetzt wieder zurück. Weißt du, wo ihr Pflaster habt?«

Uwe nickte, und die beiden schafften es tatsächlich noch rechtzeitig nach Hause. Die Schrammen erklärten sie den staunenden Eltern mit einem heldenhaften Kampf gegen Indianerhorden, die ganz plötzlich in Uwes Garten eingefallen waren.

Es kam niemals heraus, wer die alte Frau damals so erschreckt hatte. Aber von Uwe hörte Jens später, dass Frau Kleemeyer in der Zeit nach dem Vorfall jeden Jungen im Dorf mit erhobenem Gehstock in die Flucht schlug.

Jens hingegen hatte das kleine silberne Kreuz im Hobbykeller seines Vaters mit einer Öse versehen. Seine Aufgabe erfüllt es vorbildlich. Seit er es trug, hatte Jens nie wieder Grund, sich vor wirklichen oder eingebildeten Geistern zu fürchten.

Braunschweig

Rembrandt zu Besuch

Ebba Ehrnsberger

Auf dem Schreibtisch liegen stapelweise Notenblätter, und schon in einer Stunde soll das Konzert auf dem Bahnhofsvorplatz stattfinden, bei dem die Braunschweiger-Bahnhofs-Big-Band Stücke von Gershwin spielen wird. Hinnerk, der Saxophonist, hat seine langen Haare zusammen gebunden, damit sie ihn beim Spielen nicht stören, aber er sucht noch immer nach den Noten von »Summertime«. »Gestern bei der Probe hatte ich sie noch. Die müssen doch hier sein.« Nach mehrmaligem Durchwühlen der Stapel fällt sein Blick auf die Zeitungsseite, die zwei Partituren voneinander trennt. Sie ist vom 13. Mai 1959, also schon zwei Jahre alt und ein wenig verblichen.

»Ein Rembrandtgemälde wurde aus dem Dahlemer Museum in Berlin gestohlen. Der Täter ist bisher unbekannt. Hinweise bitte an die Polizeistelle in Berlin-Mitte.« Dazu ein Foto von dem geraubten Gemälde.

Kurz versucht er sich zu erinnern, ob er diese Seite aus einem bestimmten Grund ausgerissen oder ob er sie damals nur schnell zwischen die Noten gelegt hatte, um zumindest in Ansätzen Herr seiner Unordnung zu werden. Da fällt es ihm wieder ein: Ein alter Freund arbeitete in dem Museum, und sie hatten sich am Telefon kurz darüber unterhalten, wie peinlich der Diebstahl dem Museum war.

Es klingelt an der Tür. Dort steht Kerstin, die Klarinettistin, die ihn immer abholt, aber statt mit dem üblichen »Hallo!« begrüßt sie ihn mit dem Satz »Du, ich habe gestern nach der Probe deine Noten eingesteckt. Tschuldigung.« Hinnerk ist sauer, weil er gern noch einmal die Stücke angespielt hätte, aber dafür ist nun keine Zeit mehr. Sie fahren mit ihrem Käfer hinter den Bahnhof auf einen unbewachten Parkplatz und laufen durch einen langen Tunnel am Ost-Eingang in die Bahnhofshalle.

Dort fällt sein Blick auf die Schließfachnummern. Die Dreizehn blinkt, das Zählwerk zeigt besetzt. »Fatal, gerade jetzt vor dem Konzert, hoffentlich bedeutet das nichts«, denkt Hinnerk.« Auch wenn er es sich selbst – und anderen schon gar nicht – eingestehen will, ist er doch ein bisschen abergläubisch; wo er geht und steht, hält er nach der bösen Dreizehn Ausschau. Ob Buslinie oder Hausnummer, bei einer Dreizehn geht er auf Abstand, denn es könnte ja etwas passieren, von dem man nicht will, dass es passiert.

Der Weg führt Hinnerk und Kerstin weiter durch den vorderen Ausgang zum Bahnhofsvorplatz, wo die anderen Musiker schon ihre Notenständer aufbauen. Das Konzert beginnt sofort. Als er die dreizehnte Seite der Noten aufschlägt, stößt er mit dem unteren Ende des Saxophons seinen Notenständer um, die Partitur fliegt mit einer Windböe davon. »Selbsterfüllende Prophezeiung«, geht es ihm durch den Kopf. »Ich wusste, dass etwas passieren wird.«

Der Rückweg nach dem Konzert führt die beiden wieder durch die Bahnhofshalle. Hinnerk muss natürlich gucken, ob die Dreizehn noch besetzt ist – sie blinkt noch immer. »Das Fach ist jetzt schon 24 Stunden überfällig, das wird teuer. Früher ist mir das auch mal passiert, aber seitdem passe ich auf«, sagt er zu Kerstin. »Mein Onkel ist bei der Bahnpolizei«, schmunzelt sie. »Er hat mir erzählt, dass die Schließfächer regelmäßig kontrolliert werden, allein schon wegen möglicher Bombendrohungen.« Bombendrohung, denkt Hinnerk. »Vielleicht ist in dem Schließfach etwas Gestohlenes drin. Ist doch ein gutes Versteck!«

Dieser Gedanke begleitet ihn bis in den Abend. Nachts träumt er, dass ganz viele Schließfächer im Rhythmus von Gershwins› »Summertime« blinken.

Am nächsten Tag zieht es ihn wieder zum Bahnhof. »Dachte ich es mir doch, die Dreizehn blinkt nicht mehr.« Er ist beruhigt und will weitergehen. Dann kann dies doch ein guter Tag werden, kein böses Omen, keine sich selbst erfüllende Prophezeiung und alles ist so, wie es sein sollte.

Doch beim genauen Hinschauen fällt ihm auf, dass der Schlüssel im Schloss steckt. Etwas Weißes hängt aus dem Schließfach. »Mal nachgucken, ob jemand etwas vergessen hat.« Er öffnet die Tür und sieht eine verschnürte Rolle, die mit einem weißen, seidenen Tuch überdeckt ist. Hinnerk würde die Rolle gern rausnehmen, aber er will kein Risiko eingehen. Wenn es schon ausreichte, dass das Schließfach mit der Nummer Dreizehn überfällig war, um ihm das Konzert zu verderben, was musste es dann erst bedeuten, wenn er etwas darin finden würde? Gern würde er einfach weggehen, aber wer weiß, was das für Konsequenzen hätte. Nach einigem Nachdenken ruft er Kerstin an.

Sie rät ihm: »Geh mal in die Bahnhofswache, und frag nach Herrn Müller. Das ist mein Onkel. Sag ihm 'nen schönen Gruß von mir, dann hilft er dir bestimmt.«

Kurze Zeit später stehen Hinnerk und Kerstins Onkel vor dem Schließfach und ziehen die Rolle aus dem Schließfach. Ein Zettel steckt unter der Schnur mit der Aufschrift »Danke Deutschland, Rembrand zurück, habe Kopie gemacht, brauche Original nicht mehr. Gute Reise nach Berlin.«

»Was ist denn das für ein altes Ding?«, fragt Kerstins Onkel. Will hier jemand Omas alten Schinken loswerden? Du würdest nicht glauben, was wir hier immer für einen Müll in den Schließfächern finden.« Er greift in das Schließfach und entrollt unsanft das Bild.

»Vorsicht, nicht anfassen, das ist nicht irgend so ein alter Schinken. Das ist von Rembrandt«, ruft Hinnerk, der das Bild sofort erkennt. Schließlich hat er es erst gestern Morgen in der alten Zeitung gesehen.

»Ach Du kennst den Flegel? Dann ruf den gleich mal an, dass der seinen Müll hier abholt, bevor ich das Zeug wegwerfe!«

Hinnerk geht telefonieren, aber natürlich ruft er ganz jemand anderen an.

Am 23. Oktober 1961 sitzt Hinnerk beim Frühstück und schlägt die Zeitung auf. Diesmal fällt sein Blick auf sein eigenes Portrait und die dick gedruckte Überschrift: »Belohnung für den Finder des vermissten Rembrandt-Bildes!«

Er setzt die Kaffeetasse ab, die aus feinstem Meißner Porzellan ist, das er sich gerade gekauft hat. Hinnerk lächelt die Zeitung an und sagt zu seinem abgedruckten Portrait: »Ich glaube, die Dreizehn ist ab jetzt meine Glückszahl.«

Zwischen Elbe und Weser

Apfelfrüchtchen

Sabine Jacob

Kaffeeduft zog durch die Küche und die Familie genoss die Arbeitspause am Vormittag. Matthias hielt die Tasse zwischen den Händen, blies hinein und sagte: »Einen Kaffee noch, dann packe ich die Äpfel weiter um. Luci, du kannst mitkommen und mir helfen.«

Luci zog eine Schnute: »Ach, Matthias! Ich hab mir gestern einen Fingernagel an den blöden Kisten abgebrochen, der muss heute repariert werden. Deshalb muss ich jetzt auch los nach Hamburg.« Sie stand hastig auf. »Ich nehm den Geländewagen, der fährt sich so schön. Zum Mittagessen bin ich wieder da!«

Matthias biss sich auf die Unterlippe, aber Karls Gesicht lief vor Wut rot an. Er öffnete den Mund, doch Matthias winkte hastig ab: »Papa, es ist eine große Umstellung für sie, als Tänzerin aus Hamburg hier bei uns auf dem Apfelhof! Sie wird sich eingewöhnen. Lass ihr noch etwas Zeit!« Sein Vater schnaubte: »Tänzerin, dass ich nicht lache! Tänzerinnen haben jahrelang trainiert für ihren Beruf. Luci kommt sozusagen von der Stange. Tingeltangel nenn ich das! Vielleicht gewöhnt sie sich an den Hof, aber niemals an die Arbeit!« Steffen stimmte zu: »Bisher jedenfalls hat sie auf dem Hof noch nichts gewuppt, Bruderherz. Weshalb bist du eigentlich mit ihr zusammen?« Abfällig grinsend fügte er hinzu: »Oder kann sie irgendein Kunststück, von dem wir nichts wissen?«

»Steffen, wir lieben uns«, erwiderte Matthias und schüttelte leicht den Kopf. Er hatte es ihnen doch schon so oft gesagt. »Wir gehören zusammen.« Der Vater verzog spöttisch das Gesicht: »Dein Wort in Gottes Ohr, Matthias! Aber«, er hob beschwichtigend die Hände, »es ist deine Sache, mit wem du zusammen bist. Du musst ja später mit ihr klarkommen.«

»Da irrst du, Papa«, brauste Steffen auf. »Schließlich werden wir den Hof zusammen weiter bewirtschaften, wenn du in den Ruhestand gehst. Und das Luci sich nicht ernsthaft für Matthias interessiert, sieht doch ein Blinder mit dem Krückstock!«

Der Vater schob energisch den Teller weg. »Schluss jetzt, hab ich gesagt! Rauft euch doch endlich zusammen. In einem halben Jahr bin ich im Ruhestand. Und dann werden wir uns die Welt anschauen, was, Jutta?« Er knuffte seine Frau auf den Arm und sie schaute lächelnd zu ihm auf. »Ja, wir machen dann nur noch in Kultur. Äpfel haben wir lange genug kultiviert!«

* * *

Luci hatte im Flur mitgehört und stutzte. Was sie über sie gesagt hatten, interessierte sie nicht weiter. Aber dass auch Steffen auf dem Hof bleiben würde, das war neu. Dann war Matthias also gar nicht der alleinige Erbe. Das hatte sie sich anders vorgestellt!

Das Alte Land hatte sich zum Blütenfest eingefunden, zumindest alle aus der zweiten Meile, einer von insgesamt dreien, in die man diese Region einteilt. Die Meilen stellen Zonen entlang des Elbufers dar und orientieren sich an der natürlichen Begrenzung durch verschiedene Flüsse.

Steffen verteilte Bier an die Männer, die in der Runde standen. »So weit ist das Brackwasser noch nie die Elbe aufgestiegen!

Womit sollen wir denn beregnen, wenn die Spätfröste einsetzen? Man braucht sich doch nur mal die Metallteile in der Elbe bei Stade anschauen. Natürlich ist das Wasser dort schon salzhaltig, sonst würden sie ja nicht rosten!« Matthias nickte: »Tausendmal hat der Verband darauf hingewiesen, aber Hamburg will das natürlich nicht wahrhaben. Wisst ihr, wie viel Geld dahinter steckt? Mit der Elbvertiefung kriegt Hamburg doch noch viel mehr dicke Containerpötte!«

Steffen blickte in die Runde: »Ja, und das geht immer so weiter, weil die Handelsschiffe immer größer und größer werden. Wisst ihr, dass die Elbe bei Hamburg früher nur drei bis vier Meter tief war? Seit 1999 ist sie knapp 15 Meter tief! Und ständig müssen die weiterbaggern, da sich das Flussbett ändert, von der Brackwassergrenze ganz zu schweigen, die die Elbe immer weiter hinaufwandert.«

»Also, wenn ihr mich fragt...«, sagte Hannes und nahm einen tiefen Zug aus dem Bierglas. »Dich fragt aber keiner«, sagte Peter und alle feixten. Hannes ließ sich nicht beirren: »Nee, im Ernst. Einer von *uns* muss das in die Hand nehmen. Einer, der mit Leib und Seele mit dem Alten Land verbunden ist und weiß, wovon er spricht. Der unabhängig ist, und aus unseren Reihen kommt.« »Da hast du Recht. Vielleicht müsste man noch mal von vorne anfangen. Quasi bei null«, stimmte Steffen zu und hob sein Glas, das bei weitem nicht sein erstes war. »Das ist eine prima Idee! Wir gründen unsere eigene BI- nicht Bürgerinitiative, sondern Bauern-Initiative! Das hätten wir schon längst machen sollen! Darauf stoßen wir an!« »Ich bin dran«, nickte Peter und schob sich in Richtung Biertresen. »Vier Bier und ein Alsterwasser für Luci? Alles klar.«

Die Gruppe suchte sich einen freien Platz am Biertisch unter der Buche und begann, eifrig zu diskutieren und erste Pläne zu schmieden.

Schon bald fühlte sich Luci völlig überflüssig. Sie knibbelte mit ihren manikürten Fingern an einem Bierdeckel herum und ihr Platz war übersät mit kleinen weißen Pappkügelchen. Sie schob sie zu einem Haufen zusammen, um weitere Kügelchen zu rollen. Ab und an warf sie Matthias ungeduldige Blicke zu, die dieser aber nicht bemerkte. Nach einer Weile griff sie nach ihrer giftgrünen Leinenjacke und sagte leutselig: »Bleib ruhig sitzen, Matthias. Dies hier scheint dir wichtiger zu sein.« Hastig sprang Matthias auf: »Nein, entschuldige! Aber, Luci, hast du gehört, wie viele Ideen Steffen hat? Der hat sich mit der Elbvertiefung schon total auseinandergesetzt. Er ist der richtige Mann für uns. Wir haben ihn gerade zum Vorsitzenden gewählt.«

Seine Augen strahlten vor Begeisterung, aber dann überschattete sich sein Blick. »Aber wenn du dich langweilst, gehen wir natürlich. Steffen, du erzählst mir morgen, was ihr besprochen habt, ja?« Er klopfte mit den Fingerknöcheln als Gruß auf den Tisch und nahm Lucis Hand.

* * *

»Komm, ich zeig dir noch die Apfelanlage hinterm Fleet. Es ist noch so mild, und dort ist es wie im Paradies. Deshalb nennen wir es auch so: Das Paradies.«

Als sie durch die langen Reihen des vierzehn Jahre alten Baumbestandes gingen, der in voller Blüte stand, legte er den Arm um sie. »Dieser Duft! Und sieh dir mal die kleinen Blüten an! Es ist immer wieder ein Wunder, dass daraus ein Apfel wird.« Er bückte sich und riss im Vorbeigehen einen Grashalm ab, mit dem er sie neckte. »Dann kommen die kleinen Bienen, bestäuben die Blüten...« Unwirsch schüttelte sie den Kopf. Dann besann sie sich und sagte lächelnd: »Und das alles wird bald dir gehören?«

Sie bemühte sich, ihre Frage so unschuldig wie möglich klingen zu lassen.« »Nein, mir und Steffen. Steffen macht die Apfelanlagen und ich den Vertrieb.«

Verflixt, dachte Luci, *also doch!* Sie unternahm einen kleinen Vorstoß: »Wir alleine wäre schöner. Ich will dich nicht teilen«, schmollte sie und gab sich alle Mühe, naiv zu wirken.

Wie immer durchschaute Matthias sie nicht, sondern nahm sie geschmeichelt in den Arm. »Wir beide werden uns alles sein, ich versprech's dir.«

Er hatte sie mal wieder gründlich missverstanden, aber diesmal ließ Luci es gern dabei bewenden.

* * *

Mit vollem Elan stürzte Steffen sich in den Aufbau der Bauerninitiative. Als Einheimischer hatte er das volle Vertrauen seiner Berufsgenossen. Die Familien kannten sich untereinander seit Generationen und schon bald konnte Steffen Gutachter heranziehen und Werbung für ihre Aktionen machen. Bei der gemeinsamen Kaffeepause war die Bauerninitiative häufig Bestandteil der Unterhaltung.

»Und der Rubel rollt! Wir können jetzt ein Gutachten zur Versalzung der Süßwasserlinsen in Auftrag geben. Und schon bald eigene Messstellen zur kontinuierlichen Messung des Salzgehaltes installieren! Das ist alles möglich! Stellt euch mal vor, die Geldsumme ist jetzt im sechsstelligen Bereich!«

Luci hörte auf zu kauen und fixierte Steffen. Gerade eben hatte sie noch überlegt, dass Steffen seine Energien lieber in eine Freundin investieren sollte. Die könnte er dann flott heiraten, sich woanders eine Existenz aufbauen und so schnell wie möglich das Feld räumen, damit sie Matthias bearbeiten konnte, den Hof zu verkaufen.

Aber Steffen war viel zu beschäftigt mit seinem BI-Projekt. Außerdem war er alles andere als charmant. Davon konnte

Luci ein Lied singen! Da sollte sie mitgehen, die Bäume aus-
dünnen: bei Regen!

Aber da hatte er sich geschnitten. Wenn der Hof mal ein hübsches Werbeplakat bräuchte, würde sie gern posen. Das
konnte sie gut! Aber sie würde sich nicht Haut, Haare und
Knochen durch Arbeit ruinieren. Matthias bat sie schon gar
nicht mehr um ihre Mithilfe, und Karl zog sich mehr und
mehr aus dem Geschäft zurück, so dass sie von dieser Seite
Ruhe hatte.

Aber dass Steffen schon so viel Geld aufgebracht hatte, änderte die Situation grundlegend. Gedankenverloren zerrupfte
sie ihr Brötchen. *Sechsstellig* klang sehr aufregend. *Sechsstellig* klang nach Klamotten, Reisen, Luxus und Sorglosig-
keit. Es klang nach dem Ziel ihrer Träume: Auf dem Präsen-
tierteller lag es griffbereit vor ihr, sie brauchte nur die Hand
auszustrecken. Steffen war zwar ein härterer Brocken als
Matthias, aber Luci würde das Problem schon lösen.

Als Steffen Lucis Blick auffing, senkte sie die Lider und
schaute ihn aus – wie sie hoffte – verschleierten Augen an.
Irritiert verschluckte sich Steffen an seinem Kaffee, fing sich
aber rasch und sagte: »Was siehst du mich denn so komisch
an? Das heb dir mal lieber für Matthias auf.« Luci blickte
rasch zur Seite. Glücklicherweise hatten die anderen nichts
mitbekommen. Na, wenn diese Masche nicht zog, dann
würde sie eben schwerere Geschütze auffahren.

* * *

Rot, gelb und grün leuchtend hoben sich die Äpfel vom sat-
ten Dunkelgrün der Blätter ab. Die erste Pflückerkolonne
war gestern eingetroffen und hatte mit der Arbeit begonnen.

Steffen kontrollierte die Früchte in der Anlage hinter dem
Fleet.

Das Fleet war ursprünglich ein natürlicher, tideabhängiger Wasserlauf, der im Zuge der Verdeichung mehrfach umgebaut worden war. Nur der Name hatte sich noch gehalten.

Jetzt begrenzte das Fleet die Apfelanlage, die von der Familie »Das Paradies« genannt wurde.

Die Sonne brannte spätsommerlich heiß, und Steffen hatte seine Schirmmütze herumgedreht, um seinen Nacken zu schützen. »Steffen, hallo!« hörte er Lucis Stimme. Er schaute sich um, sah sie aber nicht. »Hier bin ich!« rief sie und kam zwischen den Baumreihen hervor. Steffen überschattete seine Augen mit einer Hand: »Du trägst einen Blaumann? Das hab ich ja noch nie gesehen!« »Ja, ich muss mich doch hier einarbeiten. Irgendwann muss ich ja damit anfangen. Siehst du, ich hab mir sogar das Haar zusammen gebunden. Ist doch viel praktischer«, lächelte sie. Steffen bemerkte eine tätowierte Schlange an ihrem Hals, die sonst von ihrem vollen Haar verdeckt war. Ein dunkler Haaransatz zeigte sich am Scheitel; anscheinend war es schon eine Weile her, dass sie beim Friseur gewesen war.

Am Arm trug sie einen Beutel aus grobem Leinen, den sie jetzt öffnete. Sie holte ein rundes, in Küchenpapier gewickeltes Päckchen hervor, das sie vorsichtig öffnete. »Hier, diesen Apfel möchte ich dir zeigen. Matthias hat gesagt, dass er von guter Qualität ist. Es ist eine neue Sorte, von der sich die Genossenschaft einiges verspricht. Unanfällig für Schorf.«

Steffen schaute Luci weiterhin prüfend an. »Du willst mir im Ernst erzählen, dass du dich mit Apfelsorten statt mit Frisuren beschäftigst? Woher kommt der plötzliche Sinneswandel?« »Steffen, lass uns doch die alten Zöpfe abschneiden. Ich tue es für Matthias und unsere gemeinsame Zukunft. Aber jetzt komm. Ich zeig dir den Apfel.«

Sie griff in die Brusttasche ihres Blaumanns und förderte ein Messer zutage, dass sie aufklappte. Dann schnitt sie den Apfel in zwei saubere Hälften. Mit der Messerspitze fuhr sie an dem weißen Fruchtfleisch entlang. »Hier, die Schale ist sehr dick und widerstandsfähig. Und bissfest.« Sie reichte ihm eine Hälfte. »Probier mal!« Steffen zögerte und fragte sich, was Luci im Schilde führte. Aber sie schaute ihn aus ihren blauen Augen treuherzig an. »Hörst du, wie knackig er ist?« fragte sie und biss krachend hinein.

Gerade hob Steffen seine Hälfte zum Mund, als er plötzlich Matthias schreien hörte: »Steffen, nicht!« Auf seinem Rad kam Matthias wie von Teufeln gehetzt die Baumreihe entlang. Er trat in die Pedalen, so schnell er konnte.

Kurz vor Steffen und Luci warf er das Fahrrad achtlos ins Gras, sprang auf Steffen zu und riss ihm den Apfel aus der Hand, den er in einem Atemzug ins Fleet warf. Steffen starrte ihn entgeistert an. Lucis Blick huschte von einem zum anderen, dann drehte sie urplötzlich um und lief davon, geradewegs in Karls Arme.

»Hoppla, nun mal langsam mit den jungen Pferden!« sagte er und umfasste sie an der Taille. »Halt sie bloß fest, Papa«, rief Matthias. Luci wand sich: »Was soll das? Lass mich los! Du tust mir ja weh!« Doch Karl ließ nicht locker.

Er fasste nach ihrem Kinn, so dass sie ihm ins Gesicht sehen musste: »Wir wissen Bescheid, Luci. Matthias hat den aufgebrochenen Schrank mit den Pflanzenschutzmitteln gefunden. Du hast den Apfel mit Pestiziden versetzt. Eine Giftmischerin bist du!«

Steffen starrte Luci entgeistert an. »Quatsch«, sagte Luci. »Jeder kann den Schrank aufgebrochen haben. Warum hätte ich das denn tun sollen?«

Matthias schaute sie lange an, nickte mit dem Kopf und sagte: »Letzte Woche hast du mich gefragt, wer stellvertretender Geschäftsführer der BI ist. Und als ich dann sagte, dass ich das sei, da wolltest du plötzlich alle Details wissen.«

Wütend fuhr er fort: »Vor allem die finanziellen. Steffen war dir im Weg! Und deshalb wolltest du ihn vergiften!«

»Ha«, sagte Luci und zog die Mundwinkel herab. »Vergiften! Na, das kannst du ja sicher beweisen, jetzt, wo du den Apfel im Wasser versenkt hast. Kannst ja schon mal Taucherstaffeln organisieren! Den einzigen Beweis, den ihr gehabt hättet, hast du sauber entsorgt. Vielen Dank, du Vollpfosten!«

Karl drehte sie zornig zu sich herum: »Halt den Mund, du dreistes Weibsstück.« Sein Speichel flog ihr ins Gesicht. »Wir haben einen Beweis. Hinter dem Kanister mit dem Altöl lag die Spritze samt der Kanüle, mit der du das Gift in den Apfel injiziert hast. Die wird dem Staatsanwalt als Beweis reichen.«

In einem Sekundenbruchteil durchdachte Luci ihre aussichtslose Situation und verlegte sich aufs Bitten. So schnell ließ sie sich nicht ins Bockshorn jagen: »Matthias, ich hab es doch für uns gemacht. Wir lieben uns doch. Wir beide gegen den Rest der Welt. Bedeutet dir das denn gar nichts mehr?« Erstaunt bemerkte Steffen, dass es ihr sogar gelang, ihre Augen in Tränen schwimmen zu lassen.

Aber Matthias verzog keine Miene, er machte nur eine wegwerfende Handbewegung, die mehr sagte, als es Worte vermocht hätten.

Da wurde Luci wütend. Ihre Augen sprühten: »Äpfel, Äpfel, Äpfel: In Kisten, in Tüten, als Kuchen, als Kompott, als Souvenir oder Saft! Habt ihr wirklich geglaubt, ich wollte hier so verschrumpeln wie eure blöden Äpfel? Ich hätte den ganzen Laden sowieso verkauft. Aber durch zwei geteilt hätte ich nie und nimmer!« Scharf zog sie die Luft durch die Nase und schnaubte: »Und überhaupt: Es hätte Steffen gar nicht sofort umgebracht. Ich hab es doch auf der Flasche gelesen. Schwächeanfälle, Atemnot, es hätte ihn außer Gefecht gesetzt, aber gestorben wäre er nicht. Da hätte ich schon noch das eine oder andere Mal nachlegen müssen!«

»Na, das klingt ja sehr beruhigend«, fuhr Steffen sie an. »Wie wäre es, wenn du das alles dem Staatsanwalt erzählst? Sicher wird er es dir hoch anrechnen, dass du mich nur außer Gefecht und nicht töten wolltest.

Für uns allerdings macht das keinen Unterschied: Für uns bist du gestorben.« Matthias und Karl starrten sie mit unverhohlenem Abscheu an und nickten bekräftigend.

Als Luci hinten im Streifenwagen verschwunden war, seufzte Matthias und sagte: »Bei der Wahl meiner nächsten Freundin dürft ihr mir gerne helfen, bevor ich eine mitbringe, die die ganze Familie ausrottet.« »Gerne«, sagte Steffen. »Scheinbar hast du nicht nur ein Händchen für Äpfel, sondern auch für ganz besondere Früchtchen.« Erleichtert lachend klopften sich die drei auf die Schultern.

Autorinnen und Autoren

Hanna von Behr

Hanna von Behr wuchs in der Lüneburger Heide auf. Sie absolvierte ein Magisterstudium in den Bereichen Literaturwissenschaft, Medien und Kunst und ist seit 2007 u. a. als freiberufliche Filmkritikerin tätig.

Ihre erste publizierte Kurzgeschichte hieß »Johannissteine« (erschienen in der Anthologie »Am Wegesrand – 12 Kurzgeschichten zu Naturdenkmalen in und um Osnabrück«, hrsg. von Thorsten Stegemann und Jörg Ehrnsberger, Osnabrück 2009). 2011 erschien »Fortuin« im Rahmen eines Online-Projekts: http://osnabrueck.de/69801.asp.

Yael Brunnert

studiert Anglistik und Kunstgeschichte im letzten Bachelorjahr und schreibt seitdem sie denken kann. Ihr Masterstudium soll sie nach England führen. Dort will sie vorwiegend Theaterstücke schreiben und ihre Ausbildung mit einem »Master in Performance Research« abschließen.

Iris Foppe

wurde 1967 in Nordenham an der Nordseeküste geboren und lebt heute mit Mann und zwei Kindern in Osnabrück. Sie studierte Biologie und arbeitet als Referentin für verschiedene Schulen und Bildungseinrichtungen. Iris Foppe schreibt schon seit ihrer Kindheit und ist heute Mitglied in der »Wortkreative« und der »Literarischen Gruppe Osnabrück«, an deren Treffen und Lesungen sie regelmäßig teilnimmt.

Sabine Jacob

wird 1965 in der Grafschaft Bentheim geboren. Nach dem landwirtschaftlichen Studium und einigen Jahren in Süddeutschland kommt sie hierher zurück.

Seit 2008 ist sie als freiberufliche Ingenieurin tätig (www. plantip.de), wobei der Schwerpunkt zunehmend auf literarischen Projekten liegt.

»Schreiben bedeutet für mich, immer wieder den Versuch zu wagen, Gefühle in Bilder und Bilder in Worte zu kleiden.«

Veröffentlichungen:
Wenn sie ihm die Krümel aus dem Bett macht,... (Wunderwaldverlag 2010), Chili für die Venus (Wunderwaldverlag 2010), Literaturwegen – 15 Kurzgeschichten... (Hg. Ehrnsberger/Stegemann 2011), Coaching (Schweitzerhaus Verlag 2011).

Tebbe Kress
Jahrgang 1969, lebt und schreibt in Niedersachsen.

Dirk Manzke
wurde 1959 in Anklam geboren. Er studierte Architektur und Städtebau in Dresden. Seit 1991 ist er freiberuflich als Architekt und Stadtplaner vielfältig tätig. Gegenwärtig arbeitet er als Professor für Städtebau und Freiraumplanung an der Hochschule Osnabrück. Textlich beschäftigt er sich seit vielen Jahren mit bildender Kunst, Architektur und Städtebau. So ist er Autor und Mitautor zahlreicher Veröffentlichungen.
Er hält Gastseminare, bestreitet Ausstellungseröffnungen und gibt Vorträge im In- und Ausland. In den letzten Jahren hat er begonnen, seine Schreibarbeit in literarischer Form zu entwickeln.
Internet:
http://www.al.hs-osnabrueck.de/10097+M5307c730cdd.html.

Oliver Quick
wurde 1984 in Osnabrück geboren und studiert dort im »Master of Education« Germanistik und Geschichte. In seiner Freizeit verfasst er Artikel für das Magazin der OScommunity.

Quick nimmt durch sein großes Hobby, die »Pen&Paper«-Rollenspiele, gern ungewöhnliche Blickwinkel ins Auge, wenn er nicht gerade anderweitig kreativ tätig ist.

Jessica Stegemann
wurde 1974 in Neumünster geboren. Sie studierte Literaturgeschichte, Kunstgeschichte und Editionswissenschaft und promovierte im Rahmen der »Briefausgabe Therese Huber«. Wissenschaftliche Publikationen, u.a.: »›Kommen Sie, wir wollen mal Hausmutterles spielen.‹ Der Briefwechsel zwischen den Schriftstellerinnen Therese Huber (1764–1829) und Helmina von Chézy (1783–1856)«, Marburg 2004. Stegemann ist derzeit Referendarin im Niedersächsischen Bibliotheksdienst.

Monika Paulsen
Monika Paulsen schreibt seit zehn Jahren kleine Geschichten. Sie wurde 1958 in Hohenkörben-Veldhausen geboren und lebt heute in Neuenhaus, Grafschaft Bentheim. Sie studierte im Fernstudium Belletristik. Als Mitglied der Schreibwerkstatt e.V. Nordhorn, nimmt sie regelmäßig an Lesungen der Gruppe teil. Veröffentlichungen in mehreren Anthologien.
Internet: www.zeitreisen.wordpress.com

Jörg Ehrnsberger
s. Herausgeber.

Eva Lezius
Die studierte Germanistin schreibt seit Studienzeiten und publizierte sowohl Lyrik als auch Kurzgeschichten und Zeitungsglossen. Sie hat beruflich mehrere Jahre im Ausland gelebt (Polen, Ungarn) und wohnt seit 2004 in Osnabrück, wo sie Mitglied der »Literarischen Gruppe« und der »Wortkreativen« ist und ehrenamtlich beim OSRadio 104,8 mitwirkt.

Sie nahm an verschiedenen Schreibwerkstätten teil und stellte ihre Texte bereits in verschiedenen Lesungen vor.

Evgenij Unker

Autor, Lektor, Übersetzer. 1986 in Sankt Petersburg geboren, lebt seit 1995 in Deutschland. Zahlreiche Publikationen in russisch- und deutschsprachigen Zeitschriften sowie im Internet (u. a. Lyrik, Kurzgeschichten, Aphorismen, Rezensionen, Essays). Preisträger des BDAT-Autorenwettbewerbs 2007 für den Sketch »Goethe und ein junger Verleger«. 2011 Gründer des kostenlosen, thematisch universellen Online-Verlags literix.de, dessen erster Schwerpunkt auf akademischen Arbeiten liegt (Referate, Hausarbeiten, Seminararbeiten etc.).
Internet: www.unker.de und www.lektorat-unker.de.

Ebba Ehrnsberger

ist Mitautorin im Cornelsen Schulbuchverlag mit dem Schwerpunkt Biologie/Oekologie. Kurzgeschichten schreibt sie erst seit wenigen Jahren. Die pensionierte Realschullehrerin wurde 1941 in Posen geboren und lebt seit 36 Jahren in Osnabrück. Dort arbeitet sie bei osradio104,8 und ist verantwortlich für die wöchentliche ZEITLOS-Magazin-Sendung. Außerdem ist sie Mitglied in der Schreibgruppe WORTKREATIVE, bei der sie bereits an einigen Lesungen teilgenommen hat.

Herausgeber

Jörg Ehrnsberger

lebt in Hamburg und kam 1995 über die Straßenmusik zum Schreiben, Veröffentlichung von journalistischen Arbeiten, Kurzgeschichten, Erzählungen und Theaterstücken. Darüber hinaus wissenschaftliche Publikationen zum Literarischen Schreiben. Im März 2001 erhielt er ein Aufenthalts- und Arbeitsstipendium des internationalen Schriftstellerzentrums »Three Waves« auf Rhodos, Griechenland.

Seit 1999 Durchführung von Schreibwerkstätten zum Literarischen Schreiben u. a. für Universitäten, Kulturamt Osnabrück, Ernst Deutsch Theater Hamburg, Bertelsmann AG und Landeszentrale für politische Bildung Baden-Württemberg. Mitarbeiter der Zeitschrift: »TextArt – Magazin für kreatives Schreiben«.

Jörg Ehrnsberger ist ausgebildeter Gymnasiallehrer für Deutsch & Biologie, hat mehrere Jahre an verschiedenen Schulen gearbeitet, am internationalen Stipendienprogramm »Teaching for the Future« der York University in Toronto, Canada, teilgenommen und arbeitet in Hamburg als Tutor und Trainer für die gemeinnützige GmbH Teach First Deutschland.

Dr. Thorsten Stegemann

arbeitet seit Mitte der 1990er Jahre für Tages- und Wochenzeitungen, Nachrichtenagenturen und diverse Internetportale. Seine Artikel erschienen u. a. in der taz, der Westdeutschen Zeitung, den Kieler Nachrichten, im Rheinischen Merkur, auf SPIEGEL Online oder auf wissen.de. Stegemann schreibt Korrespondentenberichte für die Deutsche Presse-Agentur und hat im Online-Magazin www.telepolis.de (Heise-Verlag) seit 2001 rund 500 umfangreiche Artikel zu

Themen aus Kultur, Politik und Gesellschaft veröffentlicht. Außerdem liegen zwei wissenschaftliche Buchpublikationen und ein Lyrikband mit eigenen Gedichten vor.

Der promovierte Literaturwissenschaftler leitet an der Universität Osnabrück germanistische Lehrveranstaltungen sowie Seminare zu verschiedenen Aspekten des Journalistischen und Literarischen Schreibens.

Seit vier Jahren arbeiten Jörg Ehrnsberger und Thorsten Stegemann im Schreibprojekt »scribitur« zusammen. Sie organisieren regelmäßig Werkstätten und Lesungen, stellen ihre Arbeit aber auch in Vorträgen und Diskussionen vor. 2009 gaben sie das Buch »Am Wegesrand. 12 Kurzgeschichten zu Naturdenkmalen in und um Osnabrück« heraus. 2011 erschien die Anthologie »Literaturwegen. 15 Kurzgeschichten aus der Samtgemeinde Emlichheim« ebenfalls in Buchform. Hinter ihnen steht ein Netzwerk von Grafikern und Fotografen, das die Umsetzung der Projekte unterstützt.

Mehr über das Team und die Projekte auf www.scribitur.de